JULES GUILLIAUME

COMÉDIES EN VERS

COMME L'AMOUR VIENT

LES PARASITES

PIC, REPIC ET CAPOT

NOUVELLE ÉDITION

LIÉGE

F. RENARD, ÉDITEUR

RUE DES AUGUSTINS

PARIS — E. DENTU, LIBRAIRE

LEIPZIG — F. A. BROCKHAUS, LIBR.

1860

COMÉDIES EN VERS

BRUXELLES

TYP. DE Ve J. VAN BUGGENHOUDT

JULES GUILLIAUME

COMÉDIES EN VERS

COMME L'AMOUR VIENT

LES PARASITES

PIC, REPIC ET CAPOT

NOUVELLE ÉDITION

LIÉGE

F. RENARD, ÉDITEUR

RUE DES AUGUSTINS

PARIS — E. DENTU, LIBRAIRE

LEIPZIG — F. A. BROCKHAUS, LIBR.

1860

AVANT-PROPOS

Un éditeur est, dit-on, plus défiant qu'un vieux journaliste, à l'encontre des vers. Cependant, nous ne craignons pas d'offrir au public ceux qui composent ce volume. Ils nous paraissent appelés à un destin favorable.

Suivant le témoignage de juges éminents, l'élégance, le piquant du style s'y joignent à la sagesse du fond.

Un premier succès a déjà ratifié ce jugement.

Dans le nombre des poëtes belges, M. Jules Guilliaume occupe une place distinguée ; il l'a conquise et non usurpée.

Son mérite, à la fois solide et brillant, n'a rien à craindre d'une seconde apparition, d'un nouvel examen des pièces que nous reproduisons, croyons-nous.

Chacune de ces pièces a réussi isolément; leur succès n'est donc pas en danger, parce qu'elles vont se montrer réunies. Au contraire, elles plairont mieux encore, nous l'espérons.

Ce recueil présentera les qualités de l'auteur sous plusieurs aspects différents et confirmera, par l'agrément de l'ensemble, l'idée que l'on s'est faite de ce talent aussi souple que délicat.

L'ÉDITEUR.

COMME L'AMOUR VIENT

COMÉDIE EN UN ACTE

Représentée pour la première fois, à Bruxelles, sur le théâtre des Galeries Saint-Hubert, le 1er avril 1848.

Et l'amour vient sans qu'on y pense.
VIEILLE CHANSON.

L'amour s'augmente en raison directe des obstacles qu'il rencontre.
QUELQU'UN.

DISTRIBUTION

DUPLESSIS (60 ans).	M. BARON.
MARIE, sa fille (16 ans).	Mlles CORÈS.
GASTON, neveu de Duplessis (18 ans).	MAYER.

La scène se passe à Paris, chez Duplessis.—Le théâtre représente un salon : à droite, un piano ; à gauche, une table à ouvrage.

Les personnages sont inscrits en tête de chaque scène dans l'ordre qu'ils présentent aux yeux du public : les autres indications de droite et de gauche doivent s'entendre par rapport au spectateur.

COMME L'AMOUR VIENT

SCÈNE PREMIÈRE

DUPLESSIS, seul.

(Au lever du rideau il est assis à gauche et lit une lettre.)

Mon cher frère,

Depuis un mois, je n'ai plus reçu de vos nouvelles ; vous devez comprendre mon impatience, lorsqu'il s'agit du seul intérêt de ma vie, du bonheur de mon fils. Vous savez dans quel espoir j'ai consenti à le laisser partir pour Paris ; vous m'aviez promis de hâter son mariage avec sa charmante cousine, si toutefois vous trouviez quelque rapport entre leurs caractères. Faites-moi donc connaître au plus tôt le résultat de vos observations. Gaston aime-t-il Marie ? En est-il aimé ? J'attends votre réponse pour quitter Bordeaux, et venir assister à l'union de nos deux enfants : si, au contraire, il n'existe entre eux d'autre lien que celui de la parenté, souffrez que Gaston revienne sans plus tarder embrasser sa tendre mère

HORTENSE DERVILLY.

(Il se lève.)

Unissons nos enfants ! Ma sœur parle à merveille.
Mais voilà trois grands mois qu'en vain je les surveille,

Et que je me demande à part moi : S'aiment-ils ?
C'est à mettre en défaut les yeux les plus subtils.
En voyant leur accord, quelquefois je me flatte
De pouvoir réussir ; puis un orage éclate,
Et soudain, les voilà se querellant tous deux.
Le moyen le plus simple et le moins hasardeux
Serait d'interroger chacune des parties,
Pour, d'après leurs aveux, juger leurs sympathies.

(Bruit dans la coulisse.)

Une dispute ! bon ! ce sont eux.

SCÈNE II

DUPLESSIS, MARIE, GASTON.

GASTON.

Non, non, non!

MARIE.

Vous cèderez, monsieur.

GASTON.

Moi ? je perdrais mon nom
Plutôt que de céder.

DUPLESSIS, se plaçant entre eux. (Marie, Duplessis, Gaston.)

Qu'est-ce donc, je vous prie?

MARIE.

Ciel ! mon père !

GASTON.

Mon oncle !

DUPLESSIS.

Hé bien ?

MARIE.

C'est...

GASTON.

C'est Marie
Qui prétend me forcer à jouer au volant.

MARIE.

Et vous me refusez ; et c'est très-peu galant.
Je vous l'ai demandé trois fois avec instance.

DUPLESSIS.

Tu pouvais accepter, sans faire résistance.

GASTON.

C'est vrai, mais...

MARIE.

J'ai parlé très-poliment.

GASTON.

D'abord.
Mais après ?

MARIE.

N'est-ce pas, mon père, qu'il a tort ?

DUPLESSIS.

Sans doute.

GASTON.

Permettez : aller se mettre en nage
A poursuivre un volant..., ce n'est plus de mon âge.

MARIE.

Vous le faisiez encore... hier ; c'est tout récent.

GASTON.

Et puis, je feuilletais un livre intéressant,
Que je n'ai pas voulu laisser là pour la suivre.

MARIE.

Il en convient !

GASTON.

Alors, elle m'a pris mon livre,
Elle s'est fâchée.

DUPLESSIS.

Ah !

GASTON.

J'ai résisté plus fort ;
Ainsi, vous voyez bien, mon oncle, qu'elle a tort.

DUPLESSIS.

C'est évident.

MARIE.

Comment ! vous prenez sa défense ?

DUPLESSIS.

Non pas !... mais s'il renonce aux plaisirs de l'enfance,
Je ne puis l'en blâmer ; chaque chose a son temps...

MARIE.

Monsieur de Saint-Firmin a plus de quarante ans ;
Il joue à la raquette aussi bien que personne...
Presque aussi bien que moi.

GASTON.

La raison en est bonne :
C'est pour se rajeunir.

MARIE.

Il n'est pas vieux.

GASTON.

Pardon.

MARIE.

Contre lui, vous lancez toujours quelque lardon.

Mais, du moins, pour me plaire il accourt au plus vite,
Et n'attend pas deux fois qu'*une dame* l'invite.
Il est aimable.

GASTON.

Fat !

MARIE.

Spirituel.

GASTON.

Épais !

MARIE.

Et complaisant surtout.

DUPLESSIS.

Allons, la paix ! la paix !
Qu'on se donne la main ; très-bien ; et qu'on s'embrasse.

MARIE.

C'est pour vous obéir.

GASTON.

C'est pour vous rendre grâce.

MARIE.

Ne croyez pas, au moins, que je pardonne ainsi.

GASTON.

Hé bien ! ne boude plus ; allons jouer.

MARIE.

Merci !
Je jouerai toute seule : adieu, monsieur.

DUPLESSIS.

Demeure ;
Nous avons à causer.

MARIE.

Je reviens tout à l'heure.

(Jouant au volant, et comptant les coups.)

Un, deux, trois, quatre, cinq, six. (Elle sort.)

DUPLESSIS.

La voilà qui part !

N'importe; interrogeons d'abord Gaston à part.

SCÈNE III

GASTON, DUPLESSIS.

DUPLESSIS.

Hé bien ! où vas-tu donc ?

GASTON.

Joindre Marie.

DUPLESSIS.

Écoute.

Un projet important... Tu m'entends bien ?

GASTON.

Sans doute.

Elle va m'en vouloir !

DUPLESSIS.

Bah ! bah !

GASTON.

Si je pouvais...

Oui ; je cours l'apaiser : ne trouvez pas mauvais...

DUPLESSIS, le retenant par l'habit.

Non pas, mon bel oiseau ; je vous tiens un bout d'aile.

Je voulais te parler de ta cousine.

GASTON.

D'elle ?

DUPLESSIS.

Cet entretien est grave : il me faut, mon neveu,
Obtenir de ta part le plus sincère aveu.
Comment la trouves-tu ?

GASTON.

Moi ! comment je la trouve ?
Ma cousine ?

DUPLESSIS.

Apprends-moi ce que ton cœur éprouve
Auprès d'elle.

GASTON.

Mon cœur ? je ne vous comprends point.

DUPLESSIS.

Te semble-t-elle aimable ?

GASTON.

Oui, vraiment ; en tout point.

DUPLESSIS.

Elle a beaucoup d'esprit ?

GASTON, froidement.

Beaucoup.

DUPLESSIS.

Elle est jolie ?

GASTON.

Je crois qu'oui.

DUPLESSIS, à part.

Pauvre enfant ! Il l'aime à la folie.
Frappons les derniers coups. (Haut.) Ainsi, quand tu la vis
Pour la première fois, tes sens furent ravis,
Et tu te dis alors, sans doute, au fond de l'âme :
Je voudrais bien avoir ma cousine pour femme ?

GASTON.

Moi, mon oncle!... mais non.

DUPLESSIS.

Ce ne sont pas tes yeux
Qui furent seuls charmés ? Tant mieux, Gaston, tant mieux.
C'est quand tu la connus encore davantage
Que d'un pareil hymen tu compris l'avantage.
Ce sont ses qualités, ses grâces qui t'ont fait
Souhaiter d'obtenir son amour?... C'est parfait!
Dès aujourd'hui, mon cher, elle est ta fiancée.

GASTON.

Vous êtes dans l'erreur : jamais cette pensée
Ne m'est venue.

DUPLESSIS.

Ah ! bah ! Tu ne l'aimes pas?

GASTON.

Si !
Beaucoup même.

DUPLESSIS.

Hé bien ! donc, pauvre amoureux transi,
Épouse-la.

GASTON.

Non pas.

DUPLESSIS.

Je n'y vois point d'entrave.

GASTON.

Comme vous l'avez dit, c'est une chose grave.

DUPLESSIS.

Je n'y comprends plus rien, ma parole d'honneur!
Il faudra le prier pour faire son bonheur.

GASTON.

Mon oncle, je vous dois une franchise entière.
J'ai lu plusieurs romans... très-forts sur la matière ;
Et, bien que mon cœur soit encore *in partibus*,
Les secrets de l'amour sont pour moi sans rébus.
Par cette fièvre-là dès que l'âme est saisie,
L'on sent d'abord filtrer en soi la jalousie,
L'on s'agite, l'on craint partout quelque danger,
Et l'on perd le sommeil, le boire et le manger.
Or, moi, je suis heureux et content quand je veille,
Et je puis vous jurer que je dors à merveille ;
Je ne vois les périls que lorsqu'ils sont passés,
Et j'ai bon appétit, vous le savez assez.
A rimer quelques vers si parfois je m'amuse,
Les bouquets à Philis font regimber ma Muse :
Je ne suis ni chagrin, ni sot, ni langoureux ;...
Jugez, d'après cela, si je suis amoureux.

DUPLESSIS.

Pourtant, savant docteur, vous l'avez dit vous-même,
Vous aimez Marie ?

GASTON.

Oui, mon cher oncle ; je l'aime !
Comme on aime l'oiseau qui module son chant,
Comme on aime l'aurore ou le soleil couchant ;
Comme on aime la fleur dont le parfum enivre,
Comme on aime un beau ciel, comme on aime un beau livre,
Parce qu'elle paraît plus charmante à mes yeux
Que la fleur et l'oiseau, que la terre et les cieux.

DUPLESSIS.

Le diable se perdrait dans de pareils mystères !
Qui te fait repousser sa main ?

GASTON, gravement.

Nos caractères,
Qui sont tout différents !... Avant que de s'unir,
Mon oncle, il faut un peu songer à l'avenir.
Moi, je suis sérieux, elle est... très-étourdie :
Elle vient me troubler tandis que j'étudie.
Alors, si je m'emporte, elle se fâche aussi ;
Comment donc pourrions-nous tenir ménage ainsi ?

DUPLESSIS.

Mais ces diversités d'humeur que tu redoutes,
Sont autant de garants de ton bonheur... Tu doutes?

GASTON.

Oui, je crois que de moi vous voulez vous moquer.

DUPLESSIS.

Tes auteurs là-dessus auraient dû s'expliquer ;
Car c'est un fait certain... acquis à la science.

GASTON.

Par exemple !

DUPLESSIS.

Sais-tu le jeu de patience?

GASTON.

Oui.

DUPLESSIS.

Chacun des morceaux dont il est composé
Doit trouver un fragment qui lui soit opposé,
De façon qu'à tout cap un golfe corresponde,
Et qu'à l'angle saillant l'angle rentrant réponde.
Hé bien ! ce passe-temps que tout enfant connaît,
Peut te servir d'exemple : un bon ménage n'est,
— Sous beaucoup de rapports, — qu'un jeu de patience.

GASTON.

Tiens ! tiens ! tiens ! tiens !

DUPLESSIS.

Crois-en ma propre expérience :
Sur ce point-là, mon cher, tes principes sont faux.
Feu ma femme, ta tante, avait quelques défauts ;
J'avais aussi les miens, et, s'il faut que j'en nomme,
Elle aimait la dépense et j'étais économe ;
Elle avait l'humeur rogue, et je riais de tout ;
Moi, j'étais taciturne ; elle parlait beaucoup.
He bien ! chacun de nous, en laissant l'autre libre,
Servait de contrepoids et faisait équilibre.

GASTON.

Vos penchants ne pouvaient jamais se marier.

DUPLESSIS.

Non ; mais nous les suivions sans nous contrarier.
Je ne devais me faire aucune violence
Quand elle parlait trop, pour garder le silence.
Sur ma franche gaîté trouvait-elle à fronder,
Tout en riant plus fort je la laissais gronder.
Désirait-elle enfin compléter sa toilette,
Par l'achat d'une robe ou par quelqu'autre emplette,
Moi, simple dans mes goûts, je lui donnais raison,
Et je ne m'achetais qu'un habit par saison.

GASTON.

Je comprends maintenant.

DUPLESSIS.

Cela te semble étrange ?
Mais, crois-moi, c'est ainsi, Gaston, que tout s'arrange.
Je veux te rendre heureux ; c'est mon plus cher désir.
Accepte... seulement pour me faire plaisir.

GASTON.

Mais, si Marie allait refuser?... Je préfère...

DUPLESSIS.

Je l'entends : tais-toi.

GASTON.

Mais...

DUPLESSIS.

Tais-toi ; c'est mon affaire !

SCÈNE IV

GASTON, DUPLESSIS, MARIE, qui entre en chantant, un morceau de musique à la main.

MARIE.

Non ; ce n'est pas cela : je sors toujours du ton.
Pourtant, c'est bien facile... Ah ! vous voilà, Gaston.

DUPLESSIS.

Tu ne le boudes plus, j'imagine ?

MARIE.

Au contraire.

(Déclamant.)

A mon juste courroux rien ne peut le soustraire...
S'il ne m'aide à chanter ce nocturne nouveau.

GASTON, s'excusant.

Ma cousine...

MARIE.

Eussiez-vous vingt rhumes de cerveau,
Comme nos grands chanteurs en ont tous... de commande,
Je le veux !... non, Gaston, non ; je te le demande.

GASTON, à part.

Mon oncle avait raison : elle est charmante.

MARIE.

Hé bien?

Pourquoi me contempler ainsi?

GASTON, troublé.

Qui? moi!... pour rien.

MARIE, s'asseyant au piano.

Es-tu prêt?

GASTON.

M'y voici.

(Duplessis, Gaston, Marie).

MARIE, pendant la ritournelle.

Tu suis bien la mesure?

GASTON.

Oui.

DUPLESSIS, s'asseyant.

Je sers de public.

MARIE.

Va donc!... j'en étais sûre!

(Avec gronderie.)

Vous êtes en retard de deux temps et demi.

DUPLESSIS.

Lui qui lit à ravir!... Qu'as-tu donc, mon ami?

GASTON.

Pardon, j'étais distrait.

MARIE.

Distrait!

GASTON, avec hésitation.

Je... vous regarde.

MARIE.

Flatteur!... je recommence; et surtout, prenez garde.

GASTON, chantant.

Un charme à toi me lie ;
Est-ce amour ou folie?
Je n'en sais rien.
Mais combien il enivre
Mon âme qui s'y livre,
Je le sais bien.

MARIE.

Comme vous chevrotez, mon cousin.

DUPLESSIS.

C'est tout clair :
Il met du sentiment ; cela convient à l'air.

MARIE.

A mon tour.

(Elle chante.)

Ta voix douce et flatteuse
Est-elle ou non menteuse?
Je n'en sais rien.
Mais combien mon cœur tendre
Prend plaisir à l'entendre,
Je le sais bien.

A présent, nous reprenons l'ensemble.

GASTON et MARIE, chantant.

Un charme à toi me lie ;
Est-ce amour ou folie?
Je n'en sais rien.
Mais combien il enivre
Mon âme qui s'y livre,
Je le sais bien.

DUPLESSIS, se levant.

Bravo !

MARIE.

Sans compliment, père, que vous en semble?

DUPLESSIS.

C'est ravissant!

MARIE.

Disons le troisième couplet.

DUPLESSIS.

Tu le verras plus tard, mon enfant, s'il te plaît.
Je veux te consulter.

MARIE.

A vos ordres, mon père.
Mais j'ai fort peu de temps : ce sera court, j'espère?

DUPLESSIS.

Peut-être. (A Gaston.) Tu t'en vas?

GASTON.

Je crains de déranger.

DUPLESSIS.

Non : à cet entretien tu n'es pas étranger.

GASTON, bas.

J'ai trop peur.

DUPLESSIS.

Je comprends.

GASTON.

Ayez soin de lui taire
Que j'avais refusé.

DUPLESSIS.

Chut!

MARIE, à part.

Quel air de mystère!

(Gaston sort.)

SCÈNE V

DUPLESSIS, MARIE.

MARIE.

Qu'est-ce donc?

DUPLESSIS.

Mon enfant, j'ai soixante ans passés.
Je suis loin, il est vrai, d'être des plus cassés ;
Mais la plus belle vie ici-bas a son terme.

MARIE, avec reproche.

Mon père !...

DUPLESSIS.

Bref, il faut qu'un défenseur plus ferme,
Une plus jeune main remplace mon appui,
Et je veux te donner un époux aujourd'hui.

MARIE.

Un époux ! tout de bon?

DUPLESSIS.

La chose est décidée.
Cela te fait peur?

MARIE.

Non ; je trouve cette idée
Très-plaisante, au contraire... Il est bien entendu
Que c'est moi qui devrai choisir mon prétendu?

DUPLESSIS, à part.

Elle aime son cousin. (Haut.) Ce désir-là m'annonce
Que ton choix est tout fait.

MARIE.

Non, vraiment.

DUPLESSIS.

Soit!... prononce.

MARIE.

Attendez un moment. C'est que... prendre un mari,
C'est sérieux.

DUPLESSIS.

Allons!... j'en ferais le pari,
Il est, non loin d'ici peut-être, une personne
Qui t'intéresse plus que toute autre!

MARIE.

Personne!

DUPLESSIS.

Alors donc, laisse-toi diriger par mes soins.

MARIE.

Au fait, c'est aussi sûr; et je n'ai pas, du moins,
L'embarras de chercher. Parlez; je vous écoute,
Et votre avis sera le mien, coûte que coûte.

DUPLESSIS.

Sache donc, avant tout, qu'un jeune homme... charmant,
Depuis trois mois t'adore en silence.

MARIE.

Vraiment?

DUPLESSIS.

Unir ton sort au sien, c'est l'espoir qui l'anime.

MARIE.

Et quel est, s'il vous plaît, le héros anonyme
Du superbe roman que vous me racontez?

DUPLESSIS.

Il attend son bonheur de tes seules bontés.

MARIE.

Mais son nom?

DUPLESSIS.

Il te trouve adorable, divine...

MARIE.

C'est très-bien : mais enfin, son nom, son nom?

DUPLESSIS.

Devine.

MARIE.

Je le connais?

DUPLESSIS.

Beaucoup.

MARIE.

Je le vois souvent?

DUPLESSIS.

Oui;

Tous les jours.

MARIE, cherchant.

Tous les jours!

DUPLESSIS.

Ton cousin Gaston.

MARIE.

Lui!

Allons donc! vous voulez rire.

DUPLESSIS.

Dieu m'en préserve!

MARIE.

Sans plaisanter, c'est là l'époux qu'on me réserve?

DUPLESSIS.

Ce choix est convenable; et, sans autre débat,

Tu l'acceptes ?

MARIE.

Non point ; je le refuse.

DUPLESSIS.

Ah bah !

Tu refuses ?

MARIE.

Sans doute.

DUPLESSIS.

Et d'où vient ce caprice ?

MARIE.

Vous ne voudriez pas, à coup sûr, que je prisse
Un mari si maussade et si peu complaisant,
Qui tout à l'heure encor...

DUPLESSIS.

Le motif est plaisant !
Parce qu'il se conforme aux lois de l'étiquette,
Et ne croit plus pouvoir jouer à la raquette.

MARIE.

N'est-ce rien que cela, mon père ? Ce seul trait
Suffit pour le juger, et fait tout son portrait.

DUPLESSIS.

Comment ! ne vas-tu pas, dans un enfantillage,
Voir un crime assez grand pour rompre un mariage ?

MARIE.

J'en vois même plusieurs.

DUPLESSIS, raillant.

Vraiment ?

MARIE.

C'est positif.

D'abord, à m'obéir il s'est montré rétif :
C'est un manque d'égards.

DUPLESSIS.

Mais, ma chère Marie...

MARIE.

Mais un esprit bien fait jamais ne contrarie.
Puis, il n'a pas voulu revenir d'une erreur ;
C'est de l'entêtement : il s'est mis en fureur.
Ce seul fait prouve donc d'une façon bien claire
Qu'il est très-obstiné, très-entier, très-colère,
Et vous le comprenez alors, lui confier
Le soin de mon bonheur, c'est me sacrifier!

DUPLESSIS.

Ta, ta, ta : voilà bien comme l'on exagère!
Sa faute, s'il en eut, est du moins fort légère.

MARIE.

La cause est entendue! à présent, je conclus ;
Il ne me convient pas; ainsi, n'en parlons plus.

DUPLESSIS, à part.

Diantre! diantre! voilà tous mes plans en déroute.
Pour la faire céder, tentons une autre route.
(Haut.)
Marie, écoute-moi. Gaston est amoureux;
Je te l'ai dit. Tu vas le rendre malheureux.

MARIE.

C'est sa faute, après tout; je n'en suis point coupable.

DUPLESSIS.

Un amant dédaigné de tout devient capable.
Tu ne sais pas cela ; mais alors, le sang bout,
Et puis... Prends garde enfin de le pousser à bout.

Crois-moi : s'il te voyait repousser son hommage,
Il se tuerait peut-être... ; et ce serait dommage.

MARIE.

O ciel! que dites-vous? Vous pensez qu'il mourrait?

DUPLESSIS.

Je n'en suis pas certain; mais... cela se pourrait.

MARIE.

Oh ! c'est bien différent : je ne veux pas qu'il meure,
Et je me dévoûrai plutôt.

DUPLESSIS.

A la bonne heure !

MARIE.

Laissez-moi m'expliquer d'abord avec Gaston.
Silence! on vient.

SCÈNE VI

GASTON, DUPLESSIS, MARIE.

GASTON.

Mon oncle?

DUPLESSIS.

Eh bien ! que me veut-on?

GASTON.

Monsieur de Saint-Firmin est en bas; il demande
A vous parler.

DUPLESSIS.

J'y vais... (A Marie.) Je te le recommande;
Sa vie est en tes mains. (A Gaston.) Tout va bien, mon enfant.
Elle t'aime !

GASTON.

Est-il vrai?

DUPLESSIS.

Mais elle s'en défend.

Il faut...

GASTON, avec confiance.

Laissez-moi faire.

DUPLESSIS, à part.

Elle faible, lui tendre;

Ils ne peuvent manquer tout d'abord de s'entendre.

(Il sort.)

SCÈNE VII

MARIE, GASTON.

MARIE, à part.

Je n'ose presque plus lui parler maintenant.

(Elle va s'asseoir à gauche et prend une broderie.)

GASTON, à part.

Elle va travailler!... au fait, c'est moins gênant.

(Il va s'asseoir à droite et prend un livre.)

Si je pouvais trouver quelque phrase hardie....

MARIE.

Vous ne me dites rien, mon cousin?

GASTON.

J'étudie.

MARIE.

Ah! vous étudiez;... quoi donc?

GASTON.

C'est.... du latin.

MARIE.

Du latin?

GASTON.

Oui. (Un silence.)

MARIE.

Le temps est bien beau ce matin.

GASTON.

Superbe! (Un silence.) Vous brodez, ma cousine?

MARIE.

Oui; je brode
Un Saint Jean-Baptiste.

GASTON.

Ah!

MARIE.

Mis à mort par Hérode.
C'était un méchant roi qu'Hérode.

GASTON.

Très-méchant.

MARIE.

C'est un joli sujet?

GASTON.

Un sujet... fort touchant.

MARIE, à part.

A la bonne heure, au moins; je m'aperçois qu'il m'aime.
Il ne contredit plus, et c'est la douceur même.

GASTON, à part.

Elle est pleine d'esprit!

MARIE, à part.

Son livre le distrait;
Tâchons de l'obliger à trahir son secret.

GASTON, à part.

Forçons-la d'avouer son amour... Elle approche !

MARIE.

La lecture vous plaît?... ce n'est point un reproche;
Mais...

GASTON.

Ces vers sont si beaux!

MARIE.

Ah! vous lisez des vers?

GASTON.

Des vers grecs!

MARIE.

Vous tenez votre livre à l'envers.

(Lisant par-dessus son épaule.)

Œuvres d'Alphonse Karr... de la prose française!
Clotilde! un roman?

GASTON, se levant.

Tiens! c'est vrai.

MARIE.

Chapitre seize.

Un roman!!..... voyons donc.

(Elle lit:)

Je ne puis plus rien faire qu'aimer, qu'adorer cette femme : je l'aime, et j'en meurs.

Mon cousin, dites-moi :
Est-ce qu'on meurt d'amour?

GASTON.

C'est très-rare : pourquoi
Demandez-vous cela?

MARIE.

C'est que tantôt mon père

M'assurait qu'un amant, lorsqu'on le désespère,
Est capable de tout.

GASTON.

Oh! oh! c'est un peu fort.

MARIE.

Et qu'il finit souvent par se donner la mort.

GASTON.

Peste!... mais le remède en ce cas serait pire
Que le mal : il faudrait être fou.

MARIE.

Je respire!
Ainsi, sans vous forcer à mourir de chagrin,
Je pourrais refuser de vous épouser?

GASTON.

Hein?

MARIE.

Vous ne chercherez pas à vous ôter la vie?

GASTON.

Vous voulez plaisanter?

MARIE.

Je n'en ai point envie.

GASTON.

Que signifie alors?... Vous ne m'aimez donc pas?

MARIE.

Non; mais s'il eût fallu vous sauver du trépas,
J'aurais pu consentir cependant à me rendre...

GASTON.

Ah! vraiment? Je commence enfin à vous comprendre.
Vous vouliez m'épouser seulement par pitié.

MARIE.

Par pitié, mon cousin... non ; mais par amitié.

GASTON.

Je vous sais fort bon gré d'une amitié si vive
Qui veut se dévouer ainsi pour que je vive.

MARIE.

Est-ce que je vous blesse en faisant cet aveu ?

GASTON.

Allons donc, ce serait se blesser pour bien peu.

MARIE.

Pour bien peu ! c'est aimable et poli : mais n'importe ;
Je ne vous en veux pas ; le dépit vous emporte.
Je conçois qu'en voyant votre amour dédaigné...

GASTON.

Mon amour !

MARIE.

Calmez-vous, et soyez résigné.
D'ailleurs, c'est votre faute : au lieu de vous contraindre,
Vous auriez déjà dû m'en parler sans rien craindre.
Sachant votre tendresse, au moins j'aurais tâché...
Enfin, mon cher cousin, ne soyez point fâché
Si mon cœur aujourd'hui ne répond pas au vôtre.

GASTON.

A ça, l'un de nous deux se raille ici de l'autre.
De quel amour secret me parlez-vous donc là ?
Vous ai-je jamais dit un seul mot de cela ?

MARIE.

Non pas vous, mais mon père a servi d'interprète
A votre passion jusqu'ici trop discrète.

GASTON.

Je vous assure alors, dussé-je vous choquer,
Que mon oncle de vous a voulu se moquer.

MARIE.

Grand merci, mon cousin.

GASTON.

En loyal adversaire,
Je suis tout aussi franc que vous êtes sincère.

MARIE.

Je vous suis obligée : en déclarant tout net
Que vous ne m'aimez pas, je sais ce qu'il en est,
Et je n'ai plus besoin de me montrer traitable.

GASTON.

Nous pouvons maintenant jouer cartes sur table.
Ainsi, vous n'aviez donc pour accepter ma main
Aucun autre motif?...

MARIE.

Qu'un motif... très-humain.
Et vous, en me l'offrant, quelle raison?

GASTON.

Aucune,
Que de plaire à mon oncle.

MARIE.

Alors, point de rancune
Comme par le passé nous vivrons désormais.

GASTON.

Soit.

MARIE.

Sans parler d'amour?

GASTON.

Oh! je vous le promets.

MARIE.

Mon ardeur sur ce point égale votre zèle.

GASTON.

Fort bien.

MARIE, avec une révérence.

Adieu, monsieur.

GASTON, avec un salut.

Adieu, mademoiselle.

(Il sort.)

SCÈNE VIII

MARIE, seule.

Ah! monsieur mon cousin, ah! vous ne m'aimez pas,
Et notre mariage a pour vous peu d'appas!
Hé bien!... hé bien! tant mieux après tout; qu'il se rompe!
Et mon père croyait... voilà comme on se trompe!...
A l'entendre, Gaston périrait de langueur
S'il ne parvenait pas à vaincre ma rigueur.
Inspirer tant d'amour, c'est flatteur, je l'avoue:
Aussi, je m'attendris; et quand je me dévoue,
Quand, folle que j'étais, j'avais presque cédé,
On reconnaît mes soins par un tel procédé!
Oh! je suis!... non, je suis enchantée, au contraire.
Allons, n'y pensons plus; chantons pour nous distraire.

(Elle chante le morceau de la 4me scène.)

Je ne sais trop pourquoi ce morceau me semblait
Si joli tout-à-l'heure; il est maussade et laid...
Mon piano n'est jamais d'accord... Bon! je détonne...
Chanter seul un duo, c'est par trop monotone.
Laissons là le nocturne.

(Elle se lève.)

On a grand tort vraiment

D'appeler la musique un talent d'agrément.
Que faire?... ah! terminons notre saint Jean-Baptiste.
(Elle s'assied et brode.)
Mon aiguille trop grosse éraille la batiste.
Monsieur Gaston louait le choix de mon dessin :
Une tête de mort au milieu d'un bassin!
C'est montrer fort bon goût, ma foi!... plus je travaille
Moins j'avance; aujourd'hui je ne fais rien qui vaille.
C'est égal; je ne puis oublier cet affront.
Ah! quel ennui! ma soie à tout moment se rompt.
Je ne le force point à me trouver jolie;
Mais qu'il le dise au moins d'une façon polie.
On peut faire entendre... ah! je me pique : voilà
Du sang sur mon ouvrage! il me manquait cela!
A ne rien faire — ainsi — me voilà condamnée!
Comment vais-je passer cette longue journée?
J'y songe! Et ma raquette?... Oh! non; mon cousin croit
Que c'est un jeu d'enfant; il pourrait à bon droit,
S'il me voyait jouer comme à mon ordinaire,
Me traiter d'étourdie et de pensionnaire.
Aussi, pour l'empêcher d'être encore insolent,
Je ne veux plus jouer de ma vie au volant.

SCÈNE IX

MARIE, DUPLESSIS.

DUPLESSIS.

Ah! ah! la conférence est déjà terminée.
Hé bien! belle boudeuse, est-on déterminée?

MARIE.

Oh! tout à fait.

DUPLESSIS.

Ainsi, vous êtes d'accord?

MARIE.

Oui ;
Parfaitement.

DUPLESSIS.

Bravo ! j'en suis tout réjoui.
Nous allons sur-le-champ en prévenir ta tante.
Ma sœur, ma bonne sœur va-t-elle être contente !

MARIE.

Mais non, mon père, non ; vous n'avez pas compris.
Nous refusons.

DUPLESSIS.

Ah ! bah !

MARIE.

N'en soyez point surpris.
Bien loin de m'adorer, mon cousin me déteste,
Et je crois qu'avec lui je ne suis pas en reste.

DUPLESSIS.

Mais je t'assure....

MARIE.

Non ; lui-même me l'a dit
D'un ton fort peu galant.

DUPLESSIS.

Je demeure interdit !
Tout est donc rompu ?

MARIE.

Tout.

DUPLESSIS.

A lui tu ne tiens guère ?

MARIE.

Moi ? nullement.

DUPLESSIS.

Alors, pour éviter la guerre

Entre vous deux, et puis... pour une autre raison,
J'entends qu'aujourd'hui même il quitte la maison.

MARIE.

Vous l'allez renvoyer?

DUPLESSIS.

Oui, ton bonheur l'exige.
Quand il s'agit de toi, jamais je ne transige.

MARIE.

Mon bonheur, dites-vous?

DUPLESSIS.

Qu'un autre... dès demain,
Vienne à te courtiser et prétende à ta main,
Un cousin porte ombrage auprès d'une future;
Car c'est un amoureux... donné par la nature.

MARIE.

Oui, c'est juste; à cela, je n'avais pas songé.
C'est sa faute, d'ailleurs, s'il reçoit son congé :
Il n'avait qu'à m'aimer... faire au moins son possible.

DUPLESSIS.

A ce coup là, du reste, il sera peu sensible,
Puisqu'ici ne l'attache aucun penchant secret.

MARIE.

Vous croyez qu'il pourra s'éloigner sans regret,
Qu'il n'éprouvera pas une tristesse amère?

DUPLESSIS.

Que veux-tu qu'il regrette? Il va revoir sa mère.
Je suis sûr qu'au contraire il sera fort content.

MARIE.

Content de nous quitter?... Vous le chérissez tant,
Mon père; ce serait là de l'ingratitude;
Et puis, vous le savez, quand on a l'habitude

De vivre avec quelqu'un... ou d'être quelque part...

DUPLESSIS.

On dirait que tu veux empêcher son départ?

MARIE.

Moi?... non pas : mais souvent je m'ennuie et je bâille
Quand Gaston n'est pas là : je veux bien qu'il s'en aille
Pour ne point effrayer un nouveau prétendant.
Mais ne pourrait-il pas rester... en attendant?

DUPLESSIS.

En attendant quoi donc?

MARIE.

Dame! que l'*autre* vienne.

DUPLESSIS.

C'est juste, et j'y consens; mais qu'à cela ne tienne.
L'*autre* est venu.

MARIE.

Déjà!... tant mieux; vous pourrez voir,
Mon cousin, qu'on n'a pas grand'peine à se pourvoir,
Et qu'on remplace vite un cœur tel que le vôtre.

DUPLESSIS.

C'est cela : montre-lui...

MARIE.

Comment nommez-vous... l'*autre?*

DUPLESSIS.

Monsieur de Saint-Firmin.

MARIE, froidement.

Ah!

DUPLESSIS.

Te déplaît-il?

MARIE.

Non.

DUPLESSIS.

Il brûle de t'offrir sa fortune et son nom.

MARIE.

Vous n'avez rien promis?

DUPLESSIS.

Pour chercher ta réponse,
Il viendra dans une heure; ainsi, juge et prononce.

MARIE.

Une heure! c'est bien peu; je crains d'être en défaut.

DUPLESSIS.

Une heure, mon enfant, c'est plus qu'il ne te faut.
Tu le connais assez : songe bien qu'il est membre
Du barreau de Paris; cela mène à la Chambre.

MARIE.

Laissez donc! aujourd'hui qui n'est pas avocat?

DUPLESSIS.

Il possède, d'ailleurs, un esprit délicat.

MARIE.

Oui, oui, l'Esprit des lois peut-être.

DUPLESSIS.

C'est un homme
A la mode.

MARIE.

Autant vaut dire un fat; c'est tout comme.

DUPLESSIS.

Ta froideur me confond, et j'y perds mon latin.
Tu le trouvais parfait, encore ce matin.

MARIE.

C'est-à-dire... parfait... non; il est noble et riche,
D'accord; mais sur son âge il faut déjà qu'il triche

Pour avouer qu'il n'a... que quarante ans.

DUPLESSIS.

Tu crois?

Hé bien! que font un an ou deux?

MARIE.

Mettons-en trois,

Pour ne point le flatter.

DUPLESSIS.

N'importe; sois certaine
Qu'un mari qui n'a point passé la cinquantaine,
Mais dont le jugement par l'âge s'est accru,
Gagne en vieillissant.

MARIE.

Ah! comme les vins du cru?

DUPLESSIS.

Ris tant que tu voudras, ris, moqueuse charmante;
Mais c'est ainsi. Le vin, jeune encore, fermente,
Dans sa prison de verre il se trouve à l'étroit,
Et pour s'en échapper cherche quelque détroit.
Mais lorsqu'il prend de l'âge, il dépose sa lie,
Il modère sa fougue, il s'épure, il se lie,
Et c'est alors qu'il fait honneur à ses provins.

MARIE.

Oui, mon père, c'est vrai; c'est juste... pour les vins.

DUPLESSIS.

Comme pour les maris; et tu seras heureuse
Avec celui-ci.

MARIE.

Mais... c'est que je crains...

DUPLESSIS.

Peureuse !

MARIE.

Si mon cousin Gaston allait rire de moi?

DUPLESSIS.

Gaston?... Belle raison pour se mettre en émoi !
Pourquoi mêler toujours Gaston dans cette affaire?

MARIE.

Je voudrais seulement savoir ce qu'il va faire,
S'il apprend que je suis prête à me marier.

DUPLESSIS.

Ah ! je comprends. Tu crains de le contrarier?

MARIE.

Oh! non.

DUPLESSIS.

A la bonne heure ; et cet hymen prospère
Lui plaira, j'en suis sûr.

MARIE.

Ah ! vous croyez, mon père,
Qu'il en sera content?

DUPLESSIS.

Sans doute ; et puis, d'ailleurs,
Pour ne point t'exposer à ses propos railleurs,
Jusqu'après son départ si tu veux qu'on lui cache...

MARIE.

Mais non, mon père, non ; j'aime mieux qu'il le sache.
Dites-lui tout, de grâce, afin de l'éprouver.

DUPLESSIS.

De l'éprouver?

MARIE.

Oui ; si, loin de nous approuver,

Il semble détester cette union prochaine...

DUPLESSIS.

Tu refuses?...

MARIE.

Non pas; pour jamais je m'enchaîne.

DUPLESSIS.

Je m'y perds!

MARIE.

En un mot, je prétends le punir,
Et, n'importe avec qui, je consens à m'unir,
Pourvu que mon cousin enrage au fond de l'âme.

DUPLESSIS.

Pour te faire plaisir, il faut donc qu'il te blâme?

MARIE.

Oui.

DUPLESSIS.

Mais s'il ne fait point paraître de dépit?

MARIE.

Alors!... j'ai trois quarts d'heure encore de répit.

DUPLESSIS.

Tu t'en vas?

MARIE.

Oui; je cours achever ma toilette.

DUPLESSIS.

Il me semble qu'elle est...

MARIE.

Tout à fait incomplète.
Si, dans ce négligé, l'on me surprenait...

DUPLESSIS.

Bah!

De la coquetterie!... au moment du combat,
Il est juste qu'on s'arme et qu'on se ravitaille.

MARIE.

Que voulez-vous dire?

DUPLESSIS.

Oui; tu vas livrer bataille,
Et tu veux amener Saint-Firmin à merci.

MARIE.

Je puis vous assurer que j'en prends peu souci.

DUPLESSIS.

A moins que ce ne soit une guerre intestine.
Est-ce encore à Gaston, par hasard, qu'on destine
Ces apprêts? car enfin tu les fais pour quelqu'un.

MARIE.

C'est pour l'un... ou pour l'autre... ou ce n'est pour aucun.

(Elle sort.)

SCÈNE X

DUPLESSIS, puis GASTON.

DUPLESSIS.

Ah! parbleu! la réponse est élastique et large,
Et pour l'interpréter nous avons de la marge.

GASTON.

Elle ne m'aime pas!

DUPLESSIS.

Je crois qu'elle a fait vœu
De me laisser le bec dans l'eau. — Chut! mon neveu!
D'où vient cet air rêveur?

GASTON.

Mon oncle...

DUPLESSIS.

Hé bien, approche.
Je te devrais peut-être adresser un reproche...

GASTON.

Un reproche?

DUPLESSIS.

Oui, vraiment.

GASTON.

Veuillez vous expliquer.

DUPLESSIS.

N'avais-tu pas promis tantôt de t'appliquer
A plaire à ta cousine, à gagner sa tendresse?

GASTON.

J'ai fait tout mon possible.

DUPLESSIS.

Avec un peu d'adresse
Tu l'aurais aisément forcée à s'adoucir.

GASTON, vivement.

Vraiment? Vous supposez qu'on pourrait réussir?

DUPLESSIS.

On l'eût pu : maintenant que la paille est brisée,
N'en parlons plus; d'ailleurs, j'ai changé de visée,
Et, loin de t'en vouloir, je suis presque ravi
Que mon premier projet n'ait pas été suivi.

GASTON.

Ah!

DUPLESSIS.

Tu partageras mon bonheur, je suppose,

Lorsque je t'aurai dit qu'un parti se propose
Pour ta cousine.

GASTON, à part.

O ciel!

DUPLESSIS.

Monsieur de Saint-Firmin
Que je viens de quitter, m'a demandé sa main.
Eh ! mais... qu'as-tu donc?...

GASTON.

Moi ? rien... rien; c'est la surprise...
Une telle union... si brusquement apprise...

DUPLESSIS.

Allons, allons; tu n'es sincère qu'à moitié.
Monsieur de Saint-Firmin n'a pas ton amitié,
Et tu nous blâmes?...

GASTON.

Non ; si ma cousine trouve
Cet hymen à son gré, comme elle je l'approuve.

DUPLESSIS.

Franchement, le futur te paraît un peu vieux,
Un peu fat?

GASTON.

Non, mon oncle ; il est on ne peut mieux.

DUPLESSIS.

Je croyais qu'à mon choix tu serais plus hostile :
Ce matin, tu parlais de lui d'un autre style.

GASTON.

Ce matin.... j'avais tort.

DUPLESSIS.

Marie avait pensé
Qu'au moins ton amour-propre en serait offensé?

GASTON.

Vous lui direz qu'à tort elle s'est alarmée,
De son prochain bonheur que mon âme est charmée,
Et que, pour le prouver, je briguerais l'honneur
De signer au contrat... si je n'étais mineur.

DUPLESSIS.

C'est bien ; tu prends la chose ainsi qu'il la faut prendre,
Et sur tes sentiments l'on ne peut se méprendre.

GASTON.

Croit-elle, par hasard, que je l'aime ?

DUPLESSIS.

Non point.

GASTON.

Je me suis clairement expliqué sur ce point.

DUPLESSIS.

Sans doute; et bien d'accord ainsi que de coutume,
Vous vous séparerez tous deux sans amertume.

GASTON.

Nous nous séparerons ?....

DUPLESSIS.

Tu dois comprendre assez
Qu'en ces lieux ta présence....

GASTON.

Ah !.... ah ! vous me chassez ?

DUPLESSIS.

Nullement, mon ami : mais ta mère t'invite
A l'aller retrouver à Bordeaux au plus vite.
Lis toi-même : à cet ordre, il ne faut point surseoir.

GASTON.

Oui ;... vous avez raison :... je partirai ce soir.

DUPLESSIS.

Ta résolution me fait mieux voir encore
Que tu n'as point conçu de flamme que j'ignore,
Et je vais t'envoyer ici Marie, afin
Qu'elle te dise adieu.

(Il sort.)

SCÈNE XI

GASTON, puis MARIE.

GASTON.

(Il se promène avec agitation.)

Me voilà seul enfin!
J'avais peine à cacher... allons! point de faiblesse.
Ah! ma cousine croit que sa perte me blesse!...
Quel orgueil!... Elle enrage en voyant mon dédain,
Et c'est elle qui veut que je parte soudain.
La voici!... Montrons-lui que ce départ m'enchante.

(Il chante très-fort.)

MARIE, à part.

Se peut-il?... Au moment de s'éloigner, il chante!
(Haut.)
Mon cousin?

GASTON.

Ah!

MARIE.

Je viens vous faire mes adieux.

GASTON.

C'est fort aimable à vous. (Il se remet à chanter.)

MARIE.

Vous semblez tout joyeux?

GASTON.

Il est vrai ; mais cela ne doit point vous surprendre.
Votre bonheur futur que l'on vient de m'apprendre...

MARIE.

Ah ! c'est là le motif qui vous rend si content ?

GASTON.

Oui, sans doute.

MARIE.

En ce cas, ne vous pressez pas tant.
Cette union n'est pas encore résolue.

GASTON.

Comment ? Je la croyais déjà presque conclue.
N'avez-vous point promis ?...

MARIE.

Non ; et bien loin de là...

GASTON, vivement.

Vous la repousserez ?

MARIE.

Je n'ai pas dit cela ;
Je verrai ; voilà tout. D'ailleurs, que vous importe,
Puisque vous partez ?

GASTON.

Oui ; l'on me met à la porte.

MARIE.

Mon cousin...

GASTON.

C'est ainsi, je suis dans le chemin.
(Avec plus d'émotion que de dépit.)
Vous n'avez pas voulu m'accorder votre main ;
Je dois céder la place à celui qu'on préfère,
Et, dans cette maison, je n'ai plus rien à faire.

MARIE.

Vous semblez m'accuser?... C'est mal de votre part.

GASTON.

Pourquoi donc avez-vous exigé mon départ?

MARIE.

Moi, mon cousin! mais non, j'ai fait tout mon possible,
Pour qu'on le différât : mon père est inflexible.

GASTON.

Quoi! c'est mon oncle?...

MARIE.

Il craint de nous voir ennemis.

GASTON.

Si je lui promettais pourtant d'être soumis?

MARIE.

Aux amoureux, dit-il, vous porteriez ombrage.

GASTON.

Ah! je devine enfin d'où me vient cet outrage.
Monsieur de Saint-Firmin sans doute a peur de moi;
A mon oncle, il aura demandé mon renvoi.

MARIE.

Vous croyez?

GASTON.

J'en suis sûr! ce fat, que je déteste,
Pense me voir céder le terrain sans conteste.
Mais je vais lui montrer à l'instant même... Adieu.

MARIE.

Où courez-vous?

GASTON.

Me battre et le tuer, pardieu!
Voilà déjà longtemps que j'en avais l'envie.

MARIE.

O ciel ! y songez-vous ? Exposer votre vie !

GASTON.

Qu'importe ?

MARIE.

Non, monsieur, vous ne sortirez pas !

GASTON.

Ma cousine...

MARIE.

Arrêtez ! si vous faites un pas,
J'appelle au secours.

GASTON.

Ah ! vous tremblez qu'il ne meure ?
C'est juste ; vous l'aimez... Hé bien, soit ! je demeure.

MARIE, *vivement.*

Ah ! ce n'est pas pour lui...
(*Avec timidité.*)
c'est pour vous que j'ai peur.

GASTON.

Que dites-vous ? Oh ! non : c'est un détour trompeur.
C'est moi — je n'ose encore en croire mon oreille —
C'est moi qui vous causais une frayeur pareille ?
Pour moi seul vous craigniez les suites d'un duel !
Oh ! de grâce, rompez ce silence cruel,
Et confirmez l'aveu sorti de votre bouche.

MARIE.

Mon cousin...

GASTON.

Achevez ; et si mon sort vous touche,
Je brave, pour rester, mon oncle ; et je promets
De vivre auprès de vous et pour vous désormais.

MARIE.

On vient ! ne partez pas.

GASTON.

Qu'entends-je ?

SCÈNE DERNIÈRE

LES MÊMES, DUPLESSIS.

DUPLESSIS.

Encore ensemble !
Vos adieux sont bien longs à faire, ce me semble.
Hé bien ! qu'ont-ils donc ? l'un tremble et l'autre rougit.

GASTON.

Mon oncle, ce n'est plus de départ qu'il s'agit.
Ma cousine croit...

MARIE.

Non ; c'est mon cousin qui pense...

DUPLESSIS.

Je comprends : plus un mot.

GASTON.

Quoi !

DUPLESSIS.

Je vous en dispense.
Vous vous êtes flattés, lorsque je l'exigeais,
D'empêcher un départ utile à mes projets.
Mais je suis las de voir qu'ainsi l'on tergiverse,
Et qu'un cousin toujours se mette à la traverse.

MARIE.

Mais mon père...

DUPLESSIS.

Il suffit.

GASTON.

Mon oncle, cependant...

DUPLESSIS.

Non ! je ne veux plus voir ici... qu'un prétendant.

GASTON.

Hé bien ! mais comme tel aussi je me présente.

DUPLESSIS.

Hein? que dis-tu?

GASTON.

Pourvu que Marie y consente.

DUPLESSIS.

Tu veux l'épouser?

GASTON.

Oui.

MARIE, bas à son père.

Dites que je consens.

DUPLESSIS.

Bah ! vraiment? elle aussi ! Suis-je dans mon bon sens?
Vous vous aimez donc?

MARIE.

Oui, mon père.

DUPLESSIS.

Est-il possible !

Vous aviez pour l'hymen une horreur invincible.

GASTON.

C'est que l'amour alors nous était inconnu.

DUPLESSIS.

Et maintenant?...

MARIE.

Je crois que l'amour est venu.

LES

PARASITES

COMÉDIE EN UN ACTE

PERSONNAGES

LYSIAS.	CRATÈS.
CRITON, son intendant.	GNATHÈNE, } courtisanes.
GNATHON, parasite.	MYRRHINE, } courtisanes.
CLINIAS.	DROMON.
GLAUCUS.	

La scène se passe à Athènes. — Le théâtre représente un élégant triclinium. Au fond est dressée la table du festin.

LES PARASITES

SCÈNE PREMIÈRE

(Au lever du rideau, des esclaves apportent différents plats, disposent les lits, etc. — Criton les suit d'un œil rêveur.)

LYSIAS, CRITON, DROMON, ESCLAVES.

LYSIAS, entrant.

Alerte, paresseux ! Ayez les mains plus vives.
Hâtez-vous ! l'heure approche où j'attends mes convives.
Dans les coupes versez les vins à longs torrents,
Et rafraîchissez l'air de parfums odorants.
Et toi, Criton, tandis que chacun s'évertue,
Immobile et debout ainsi qu'une statue,
Que fais-tu dans ce coin ?

CRITON.

Je fais... ce que je dois ;
Je suis votre intendant, maître ; et sur mes dix doigts
Je suppute le prix des mets, et je calcule
Ce que va nous coûter...

LYSIAS.

Passe-temps ridicule !

Je voudrais bien savoir à quoi cela te sert;
En mangerons-nous moins? Attends jusqu'au dessert;
Tu jugeras alors, en comptant les miettes,
Combien nous touche peu ce dont tu t'inquiètes.

CRITON.

Ah! c'est là le grand mal! J'ai servi quarante ans
Votre père, et je puis dire que de son temps
Nous eussions tous vécu trois mois avec la somme
Qu'en un jour de gaîté votre luxe consomme.
Je sais par quel labeur obstiné, par combien
D'efforts industrieux, avec un maigre bien
Formé d'une masure et de terres en friche,
Votre père s'est fait et vous a rendu riche.
Aussi, je ne puis voir sans un chagrin profond
Comment ce patrimoine entre vos mains se fond,
Et souvent je m'alarme en secret, et je souffre
De ce que sous vos pas vous creusiez un tel gouffre.

LYSIAS.

Ah! c'est qu'il est si doux, Criton, de gaspiller!
Dans un puits d'or béant de plonger, de piller,
Sans donner un regret à l'argent qui s'envole!...
Vois-tu? je voudrais boire à même le Pactole!
Thésauriser, dis-tu? moi! pour que mes neveux
Dansent sur mon tombeau? Gronde-moi si tu veux,
Mais je ne comprends pas quelle jouissance offre
Cet abus d'entasser de l'or au fond d'un coffre.
Ne vaut-il pas bien mieux, ayant à ses côtés
De bons et francs amis et de jeunes beautés,
Boire à l'oubli des soins et des soucis moroses,
Sous le feu des baisers rougir des lèvres roses,
Et réunir ainsi, dans un transport divin,
L'ivresse de l'amour à l'ivresse du vin?

CRITON.

Des amis! pouvez-vous être à ce point crédule
D'estimer votre ami quiconque vous adule?
Malgré leurs compliments, la seule qualité
Qu'ils prisent en vous, c'est la libéralité.
C'est votre cuisinier, et non vous, que visite
Avec tant de ferveur leur tourbe parasite;
Ils se moquent de vous après ces beaux repas
Qu'ils ont grand soin d'ailleurs de ne vous rendre pas!
Et s'il arrive un jour qu'un accident adverse
De votre piédestal tout à coup vous renverse,
Vous verrez s'envoler cet essaim de frêlons,
Et tous vos bons amis vous tourner les talons.

LYSIAS.

Non; ils m'ont dit cent fois que leur plus grande envie
Est de me dévouer leurs biens, leur sang, leur vie...
Il faudrait les tenir pour fourbes avérés.

CRITON.

Faites-en seulement l'épreuve, et vous verrez.
Pour vos maîtresses...

LYSIAS.

Ah! respecte au moins Gnathêne.
Tu ne peux le nier, sa tendresse est certaine;
Elle ne veut aimer que moi seul, et déjà,
Malgré les beaux présents dont chacun l'assiégea,
Trois prytanes ont vu leur flamme dédaignée.

CRITON.

Sans doute elle vous aime... autant que l'araignée
Aime le moucheron qu'elle a pris dans ses rets.

LYSIAS.

Non; elle m'a juré par Minerve et Cérès,

Si la fortune un jour me devenait marâtre,
Qu'elle se jetterait pour moi dans le Barâthre.

CRITON.

Beaux serments qu'elle a faits à bien d'autres jadis !

LYSIAS.

Qu'entends-tu par là ?

CRITON.

Rien. Je veux dire et je dis
Qu'il n'est trésor si grand qui bientôt ne s'épuise
Lorsque sans y rien mettre à deux mains l'on y puise ;
Et le jour est plus près que vous ne le pensez
Où vos derniers biens vont se trouver dépensés.

LYSIAS.

Bon ! tu veux m'effrayer.

CRITON.

Oh ! non.

LYSIAS.

C'est ton affaire ;
Calcule pour nous deux, à toi je m'en refère.

CRITON.

Maître, j'ai déjà dû vendre votre maison.

LYSIAS.

Vraiment ? j'en suis charmé ; car à chaque saison
Pour la rendre habitable il fallait que j'y fisse
De grands frais ; je la vends, c'est double bénéfice.

CRITON.

Vos terres qui donnaient de si riches moissons,
Vos étangs...

LYSIAS.

Parlons-en ; des étangs sans poissons !

CRITON.

Et votre vigne...

LYSIAS.

Hélas! je regrette ma vigne;
Le vin en est exquis; enfin, je me résigne.

CRITON.

Songez-y bien; il est grand temps de mettre un frein...

LYSIAS.

Vas-tu recommencer ton ennuyeux refrain?
Ce reproche éternel m'obsède et m'assassine.

CRITON.

L'amertume des mots est une médecine.
Laissez-moi vous guérir, et quand vous serez sain
Vous pourrez renvoyer votre vieux médecin.

SCÈNE II

MYRRHINE, CLINIAS, GLAUCUS, LYSIAS, GNATHÈNE, CRATÈS, GNATHON.

DROMON, introduisant.

Maître, les invités.

LYSIAS.

Amis, je vous salue.

CRATÈS.

Tu nous vois réunis tous à l'heure voulue.

LYSIAS.

Envers son hôte c'est faire preuve d'égard
De n'arriver chez lui ni trop tôt ni trop tard.
Mais pour que le dîner ne soit pas détestable,
Trêve à ces compliments et mettons-nous à table.

GLAUCUS.

Gnathon a déjà pris place.

GNATHON.

Sans contredit.
Pendant vos longs discours le dîner refroidit.

GNATHÊNE.

Fi! le gourmand!

GNATHON.

Gourmand! voyez la belle offense!
Je me vante de l'être, et dès ma tendre enfance.
Mon père et mon aïeul, parasites fameux,
M'instruisirent dans l'art de bien vivre : comme eux,
Je rôde de cuisine en cuisine, et je flaire
Quel repas a le plus de titres à me plaire.
Chacun vit ici-bas de son petit métier:
Je pratique le mien avec un zèle entier,
Et je n'en rougis point; car, bien qu'on en médise,
Les dieux mêmes nous ont appris la gourmandise.
Hercule, qui d'un bœuf entier fait son régal,
N'est-il pas un glouton jusqu'ici sans égal?
Saturne, que l'ardeur de régner seul affame,
Dévore ses enfants en dépit de sa femme;
Et plus vorace qu'eux encore, Érésichthon
Finit par se manger lui-même — heureux glouton!
La vie est un banquet; profitons-en : Tantale,
Qu'afflige sans relâche une diète fatale,
Sert à nous démontrer que le plus grand tourment
Est de rester à jeun, pour peu qu'on soit gourmand.

GNATHÊNE.

Glouton le plus glouton des gloutons de l'Attique,
Pour nous convaincre mets ton précepte en pratique,
Au lieu de déclamer ainsi qu'un histrion.

CLINIAS.

Je bois à la santé de notre amphitryon.

CRATÈS.

A sa longue fortune !

GNATHÊNE.

A sa longue tendresse !

GLAUCUS.

Le vœu le plus ardent qu'au ciel souvent j'adresse,
C'est qu'à ses jours soient joints ceux qui me sont promis.

CLINIAS.

Pythagore a dit : Tout est commun entre amis ;
Et par ses actions Lysias justifie
Ce précepte divin de la philosophie.

GNATHÊNE.

Nul ne sait mieux aimer.

GNATHON.

Et nul ne traite mieux.

GLAUCUS.

T'offrirai-je, Myrrhine, un doigt de ce vin vieux ?

MYRRHINE.

Merci, je n'ai pas soif.

GNATHON.

O la plaisante histoire !
C'est alors justement qu'il faut boire... pour boire.

CLINIAS.

J'ignore où Lysias trouve ce Chalibon ;
Mais jamais à coup sûr je n'en bus d'aussi bon

LYSIAS.

C'est un vin de seize ans.

GNATHON.

Il faut qu'on le ménage.

(Il boit.)

Parfait!

GNATHÊNE.

Seize ans! il est bien petit pour son âge.

LYSIAS.

Méchante! tu dirais du mal même des dieux.

GNATHÊNE.

Que veux-tu, Lysias? je n'aime pas les vieux.

GLAUCUS.

C'est Cratès qui reçoit en plein cette nasarde.

CRATÈS.

Gnathêne, à me piquer au jeu l'on se hasarde.

GNATHÊNE.

Vraiment? entendez-vous ce vieillard fanfaron?
Va plutôt envoyer ton obole à Caron.

CLINIAS.

Un banquier pour l'enfer est une riche proie.

GLAUCUS, à Myrrhine.

Mais je t'en prie, au moins goûte cette lamproie;
Elle est exquise.

MYRRHINE.

Non, merci, je n'ai pas faim.

GLAUCUS.

Par exemple, ceci veut qu'on s'explique enfin.

TOUS.

Hein? — Qu'est-ce donc?

GLAUCUS.

Depuis que nous sommes à table,

J'exalte chaque mets; et Myrrhine intraitable
Refuse obstinément de boire et de manger.

GNATHON.

Pauvre femme! Ses jours alors sont en danger.

GLAUCUS.

Et, malgré mes propos, elle est plus taciturne
Que la blonde Phœbé, la déesse nocturne.

CLINIAS.

Qu'a cela d'étonnant, Glaucus? Ignores-tu
Qu'elle vit de régime et tourne à la vertu?

CRATÈS.

C'est vrai! depuis trois mois, sans qu'on ait connaissance
D'où pareil changement a pu prendre naissance,
Elle reste enfermée au fond de son logis.
Pour nous tous c'est honteux à dire, et j'en rougis!
Mais de quelque prière instante qu'on l'obsède,
Nul ne franchit son seuil : Lysias seul possède
Un privilége rare autant qu'heureux, celui
De parvenir encore à l'attirer chez lui.

GNATHÊNE.

Les symptômes sont clairs : humeur sombre et chagrine,
Et manque d'appétit;... je gage que Myrrhine
Est amoureuse.

MYRRHINE.

Moi? de qui voudrais-tu?...

GNATHÊNE.

Bon!
D'un jeune homme à coup sûr, si ce n'est d'un barbon;
De Plutus ou de Mars, de Neptune à la conque,
D'un prince ou d'un berger, d'un bipède quelconque,

Du jeune Clinias, de Glaucus, de Gnathon
Ou d'un autre vorace ; ou même, que sait-on ?
Du banquier Cratès.

TOUS, *se récriant.*

Oh !...

SCÈNE III

LES MÊMES, CRITON.

CRITON.

Deux mots, s'il vous plaît, maître.

LYSIAS.

Plus tard.

CRITON.

Oh ! non ; plus tard serait trop tard peut-être.

LYSIAS.

Tu parais bien ému.

CRITON.

Ce n'est pas sans raison.

LYSIAS.

En vérité ! le feu prend-il à la maison ?

CRITON.

Pis encore.

LYSIAS.

Hé bien, parle.

CRITON.

Une affaire pareille
A besoin d'être dite à voix basse, à l'oreille.

LYSIAS, *se levant.*

Allons, je le vois bien ; je n'aurai de repos
Qu'après avoir souffert jusqu'au bout son propos.

— Qu'est-ce donc?

CRITON.

Gorgias possède une créance
A votre charge; et c'est le jour de l'échéance.

LYSIAS.

Faut-il pour cela tant de détours circonspects?
Porte-lui son argent, et qu'il nous laisse en paix.

CRITON.

Vos coffres sont à sec, maître; et sans hyperbole,
Il serait malaisé d'en tirer une obole.

LYSIAS.

Hé bien, j'ai des maisons, des jardins, un palais;
Qu'ils servent d'hypothèque; ou, s'il le faut, vends-les.

CRITON.

Ils sont vendus.

LYSIAS.

Hé quoi! mes quatre métairies?

CRITON.

Oui, ce riche domaine, — enclos, terres, prairies, —
Est tellement grevé...

LYSIAS.

Comment! de tout mon bien,
Il ne me reste donc plus rien?

CRITON.

Hélas! non.

LYSIAS.

Rien!

(Il tombe affaissé sur un fauteuil.)

MYRRHINE, s'élançant auprès de lui.

Juste ciel! Lysias!

GNATHÈNE.

Quel chagrin le dévore ?

GNATHON.

Il a peut-être faim ?

CRITON.

Non, Gnathon, pas encore;
Mais demain...

CRATÈS.

Que dis-tu? Serait-il ruiné?

CRITON.

Complétement; c'est vous qui l'avez deviné.

GNATHÈNE.

Ruiné !

TOUS.

Quel malheur !

GLAUCUS.

Tiens, Clinias, j'éprouve
Un scrupule.

CLINIAS.

Dis-moi ton scrupule.

GLAUCUS.

Je trouve
Qu'il nous faudrait avoir le cœur peu délicat
Pour souffrir que par nous son mal se compliquât...

CLINIAS.

Sans doute.

GLAUCUS.

Et pour manger plus longtemps chez un homme
Qui de son bien doit être à présent économe.

CRATÈS.

C'est vrai : j'aurais regret, vu notre liaison,
De rester un moment de plus dans sa maison.

CLINIAS.

Ce serait insulter à son destin funeste.
Allons-nous-en.

GLAUCUS.

Viens-tu, Myrrhine?

MYRRHINE.

Non, je reste.

CRATÈS.

Et toi, Gnathêne?

GNATHÊNE.

Moi? n'es-tu pas mon vainqueur?
Mon cœur est avec toi, je dois suivre mon cœur.

CRATÈS.

Charmante!

(Ils sortent.)

GNATHON.

Allez en paix! mais par la triple Hécate,
Ventre affamé n'a point l'âme si délicate;
Et sans scrupule aucun, je m'en vais de ce pas
Sur la place publique achever mon repas.

(Il se bourre de provisions et sort.)

CRITON.

Maître?... il ne m'entend plus.

MYRRHINE.

Que faire? hélas! — Écoute,
Criton; ton maître doit beaucoup d'argent sans doute?

CRITON.

Trois talents, qu'aujourd'hui même il faudrait trouver.

MYRRHINE.

C'est bien, veille sur lui; moi, je cours le sauver.

(Elle sort.)

SCÈNE IV

LYSIAS, CRITON.

CRITON.

Maître!... maître!

LYSIAS.

Ah! c'est toi, Criton?

CRITON.

Prenez courage

LYSIAS.

C'est juste; devant eux... où sont-ils?

CRITON.

Par l'orage,

Le chêne est abattu; son ombre disparaît.

LYSIAS.

Sois sûr qu'à mon malheur ils prendront intérêt.
Leur cœur ne saurait être à ce point insensible;
Et Gnathène!... elle aussi!... non, ce n'est pas possible;
A leur bonne amitié je veux avoir recours.
Ils viennent de sortir, envoie après eux; cours!

(Criton va au fond et parle bas à Dromon qui s'éloigne.)

Tout perdre en un moment!

CRITON.

Dromon les suit : ses jambes,
Plus que ne le seraient les miennes, sont ingambes;

Et pourtant, j'en suis sûr, ses pas seront lassés
Avant qu'il ait rejoint vos convives.

LYSIAS.

Assez!
Combien de fois faut-il te le redire? Cesse
De leur prêter d'avance une telle bassesse,
Et songe bien plutôt à m'ôter d'embarras.
Car après tout, c'est toi sans doute qui géras
Mes biens avec trop peu de zèle : peut-être, est-ce
A toi seul que je dois reprocher ma détresse;
J'eus trop de confiance en toi; je me repens
De t'avoir enrichi peut-être à mes dépens.

CRITON.

Oh! maître, taisez-vous; vous me déchirez l'âme.
Hélas! qu'ai-je donc fait pour mériter ce blâme?
Les dieux m'en sont témoins; je n'ai jamais cessé
D'agir en homme intègre et désintéressé;
Et soixante ans passés d'une conduite probe
Ne doivent-ils pas être un rempart qui dérobe
Le vieillard respectable aux soupçons odieux?
Ah! votre père, lui, qui me connaissait mieux,
Ne m'eût jamais traité d'une telle manière.
Je m'en souviens encore; à son heure dernière,
Il me recommanda de veiller sur son fils,
D'être son conseiller, son guide; je le fis,
Et vous payez mes soins par un pareil reproche!
Dites; qu'ai-je besoin, moi dont le terme est proche,
D'amasser de l'argent? est-ce donc que je veux
Enrichir après moi des fils ou des neveux
Dont la foule empressée autour de moi fourmille?
Mon seul enfant, c'est vous! ma plus chère famille,
C'est vous! vous seul! mes jours aux vôtres sont rivés,
Et je vis — seulement parce que vous vivez!

LYSIAS.

C'est vrai ! pardonne-moi mon reproche cupide.
Tu le sais ; le malheur rend injuste et stupide;
Ne m'impute donc point ma démence à forfait,
Mais tâche à l'oublier.

CRITON.

Maître, c'est déjà fait.

LYSIAS.

Oh ! merci !

CRITON.

Clinias vient; je vous laisse ensemble.
Puisse-t-il être aussi généreux qu'il vous semble!

(Il sort.)

SCÈNE V

CLINIAS, LYSIAS.

CLINIAS.

Tu m'as fait appeler, Lysias ; et j'accours.

LYSIAS.

Je t'en rends grâce, ami. — Sans plus ample discours,
Veux-tu, si tu le peux, me rendre un bon office?

CLINIAS.

Comment donc ! il n'est rien que pour toi je ne fisse,
Surtout en ce moment où mon bonheur est tel
Que j'obligerais même un ennemi mortel.

LYSIAS.

Vraiment?... Tu sauras donc...

CLINIAS.

Mon cher, je viens de faire
— C'est là ce qui m'enchante ! — une excellente affaire.

LYSIAS.

J'en suis ravi.

CLINIAS.

Cléon, qui se trouve endetté,
Cherchait un acquéreur pour sa maison d'été :
Il m'en offre l'achat pour un prix fort modique ;
Je lui paie aussitôt la somme qu'il indique
En beaux deniers comptants ; et chez le magistrat
Nous venons tous les deux de signer le contrat.
Une maison charmante, au milieu d'un beau site !
Enfin, c'est un marché d'or.

LYSIAS.

Je t'en félicite.
Mais venons, s'il te plaît, au sujet...

CLINIAS.

Oh ! pardon ;
Je l'avais oublié. De quoi s'agit-il donc ?
Tu me parlais, je crois, d'un service à te rendre ?
Quel est-il ?

LYSIAS.

Un mot va te le faire comprendre :
Je suis ruiné.

CLINIAS.

Dieux !

LYSIAS.

Sers-moi de ton crédit.

CLINIAS.

Ruiné ! mais aussi, je te l'avais prédit.
Rappelle-toi combien de fois ma main propice
A voulu t'arrêter au bord du précipice.

Aujourd'hui même encore, au milieu du repas,
Tout en formant des vœux pour toi, ne t'ai-je pas
Blâmé de nous traiter avec un trop grand faste?
J'avais vu, dès longtemps, poindre ce jour néfaste;
Et si mon conseil eût été mis à profit,
Tu ne gémirais pas à présent...

LYSIAS.

Il suffit.
De grâce, épargne-moi tes vaines remontrances,
Et songe à me tirer de ces affreuses transes.
Gorgias me poursuit : le péril est urgent;
Si tu veux me sauver, prête-moi quelque argent.

CLINIAS.

Mon pauvre Lysias ! mon ami le plus tendre!
Je suis bien malheureux ! Si j'avais pu m'attendre
A cette catastrophe, avec le plus grand soin
J'aurais gardé mes fonds pour t'aider au besoin.
Sans ce marché fatal, je les aurais encore ;
Et je ne puis te dire à quel point je déplore
Que ce désastre, aussi terrible qu'imprévu,
Dans un pareil moment me prenne au dépourvu.

LYSIAS.

N'as-tu pas des amis qui, sous ta garantie,
Me veuillent témoigner un peu de sympathie?

CLINIAS.

A ne te rien cacher, je compte peu sur eux.
Les uns sont gueux ; ceux-là sont toujours généreux :
D'autres sont riches ; mais, par contre, ils sont avares.
Les amis dévoués aujourd'hui sont bien rares!
Néanmoins, pour n'avoir rien à me reprocher,
Je solliciterai tous ces cœurs de rocher;

J'irai, pour te servir, heurter de porte en porte,
M'exposer aux refus, aux affronts; mais n'importe;
Dussé-je être partout éconduit sans pitié,
J'aurai du moins été fidèle à l'amitié.
Adieu, cher Lysias, je sens mon cœur se fendre;
D'éclater en sanglots j'ai peine à me défendre.
Adieu !

(Il lui serre les mains avec effusion et sort en essuyant ses larmes.)

SCÈNE VI

LYSIAS, seul.

Bon Clinias ! j'allais être obligé
De le plaindre du mal dont je suis affligé.
J'en suis sûr à présent ; non, son âme vénale
N'offre point au plus riche une estime banale,
Et ma ruine au moins aura ce bon côté
De me faire mieux voir toute sa loyauté.

SCÈNE VII

GNATHÊNE, LYSIAS, CRATÊS.

GNATHÊNE.

Viens, dis-je ; à ses refus ne crains point d'être en butte.
Lysias nous chérit trop pour qu'il te rebute.

LYSIAS.

Qu'est-ce donc ?

CRATÈS.

Oh ! je sais que son zèle apparent
N'est point comme un manteau d'un tissu transparent

Qu'on porte avec orgueil tant que le beau temps dure,
Et qu'on met de côté dès que vient la froidure.

LYSIAS.

Non, certes.

CRATÈS.

Pour ma part, j'estime là-dessus
Que les nœuds entre amis sont les bienfaits reçus,
Inscrits au fond du cœur d'où rien ne les efface.

LYSIAS.

Sans doute ; mais où tend cette longue préface?

CRATÈS.

Je viens te réclamer un service important.

LYSIAS.

C'est singulier ! j'allais t'en demander autant.

GNATHÈNE.

Vraiment? Mais alors tout à merveille s'arrange,
Et de bons procédés vous pouvez faire échange.

CRATÈS.

Volontiers.

LYSIAS.

J'y consens de grand cœur. — Tu sauras...

CRATÈS.

Apprends en quatre mots quel est mon embarras.
En passant avec moi dans la place prochaine,
Gnathène a remarqué tout à l'heure une chaîne
En perles d'Ionie : elle veut qu'à son cou
J'attache de ma main ce merveilleux bijou.
Or, je suis pour l'instant gueux comme Diogène.
Mais j'ai beau me targuer de mon état de gêne ;
Elle est femme, coquette, et le bijou lui plaît,
Deux raisons sans réplique ; il faut donc qu'elle l'ait.

—Attends à demain.—Non.—Mais pourtant...—Bagatelle!
Si tu n'as point d'argent, empruntes-en, dit-elle.
Nous étions à ta porte, et nous sommes montés.

GNATHÊNE.

Et nous venons ensemble implorer tes bontés.

LYSIAS.

J'admire, en vérité, cette coïncidence!
J'allais vous faire aussi la même confidence;
Je suis ruiné!

CRATÈS.

Bon! le prétexte est adroit;
Mais notre jugement n'est pas assez étroit
Pour se laisser duper par un tel artifice.

LYSIAS.

Comment?

CRATÈS.

S'il te coûtait de faire un sacrifice,
Pour m'épargner au moins la honte d'un refus,
Il fallait te montrer aussi franc que je fus,
Et ne point employer à déguiser ta fraude
Ces protestations d'amitié vraie et chaude
Dont tu ne te servais que pour mieux nous leurrer.

LYSIAS.

Mais c'est toi...

GNATHÊNE.

C'est bien mal; je suis prête à pleurer.
(Changeant de ton subitement.)
Perfide! je le vois d'une façon bien claire,
Ton procédé grossier ne va qu'à me déplaire.
Si j'exposais Cratès à ton manque d'égards,
C'était pour me parer et charmer tes regards.
Mais l'avarice en toi plus haut que l'amour plaide;
Tu t'inquiètes peu que je sois belle ou laide,

Et je juge, d'après la tiédeur que tu mets,
Que tu ne m'aimes plus, si tu m'aimas jamais.
Mais n'importe ; en dépit de ta parcimonie,
Ingrat ! je veux avoir mon collier d'Ionie,
Et pour mieux te haïr le porter constamment,
Et m'en faire bien belle aux yeux d'un autre amant.

LYSIAS.

Gnathêne !

GNATHÊNE.

Viens, Cratès ; et mettons-nous en quête
D'un ami dont le cœur s'ouvre à notre requête.

LYSIAS.

Mais soyez sûrs...

CRATÈS.

Chansons !

LYSIAS.

J'atteste tous les dieux...

GNATHÊNE.

Cherche ailleurs une dupe, et reçois nos adieux.
(Gnathêne et Cratès sortent.)

SCÈNE VIII

LYSIAS, CRITON.

CRITON.

Hé bien ! vous avez vu vos amis ? j'en infère
Qu'à présent vous voilà tout à fait hors d'affaire.

LYSIAS.

Hélas ! non, cher Criton, je n'ai rien obtenu.

CRITON.

Je m'en doutais ! Ainsi, leur cœur vous est connu ?

LYSIAS.

Oui; bien loin de leur faire aucun tort, cette épreuve
M'a fourni de leur zèle une nouvelle preuve,
Et s'ils n'ont pu venir en aide à mon malheur,
C'est la faute du sort beaucoup plus que la leur.

CRITON.

Ah! vraiment?

LYSIAS.

Clinias, de l'argent qui lui reste,
Vient de faire l'achat d'une maison agreste;
Et Cratès, qui s'en va de Gnathêne escorté,
A lui prêter des fonds m'a longtemps exhorté,
Pour payer un bijou dont elle a fantaisie.
Ainsi, tu le vois bien, l'heure était mal choisie,
Voilà tout; mais ce sont des amis dévoués.

CRITON.

Laissez donc! tous les trois de vous se sont joués.

LYSIAS.

Criton!

CRITON.

Je puis prouver leurs mensonges notoires.
Lorsqu'ils vous sont venus raconter ces histoires
Auxquelles vous donnez créance ingénument,
Ils étaient informés de votre dénûment.

LYSIAS.

Comment l'auraient-ils su? jusqu'à présent, personne,
Excepté toi, Criton, et moi, ne le soupçonne.

CRITON.

Précisément. C'est moi qui leur en ai fait part,
Et c'est là le motif de leur brusque départ.

LYSIAS.

Que dis-tu? mais alors...

CRITON.

Alors, changeons de style.
Clinias, s'il voulait vraiment vous être utile,
Eût dû, quelque profit même qui l'alléchât,
De sa maison des champs ne point faire l'achat;
Et quant aux autres...

LYSIAS.

Non! une telle impudence
Ne se peut croire, à moins d'une entière évidence.

CRITON.

O pauvre aveugle, qui, lorsque le soleil luit,
Met la main sur ses yeux et s'écrie : Il fait nuit!

SCÈNE XI

LES MÊMES, GLAUCUS.

GLAUCUS, à la cantonnade.

C'est une perfidie, une lâcheté vile
De promener l'honneur d'un ami par la ville;
Et vous mériteriez, après un trait pareil,
D'être cent fois roués de coups en plein soleil.

LYSIAS.

D'où vient ce courroux?

GLAUCUS.

Ah! te voilà! — C'est infâme!
— Mon pauvre Lysias, c'est toi que l'on diffame.
Clinias et Cratès, tu m'en vois furieux!
Sont là-bas, entourés de badauds curieux,
Ils content, en riant, ton désastre à voix haute,
Et de méchants propos ils ne se font pas faute.
Gnathêne est avec eux.

LYSIAS.

Gnathêne !

GLAUCUS.

Elle applaudit
Du geste et de la voix à tout ce qui se dit.
L'on entend se croiser le sarcasme et l'insulte :
— Des penchants dissolus voilà ce qui résulte !
— Lorsqu'on n'a comme lui qu'un avoir incertain,
L'on vit en homme sage et non en libertin.
— Ne me faisait-il pas passer pour sa maîtresse?
— Et moi, bien qu'il connût son état de détresse,
Ne me voulait-il pas emprunter de l'argent?
—Quelle horreur !—C'est honteux !—Puis ils vont te chargeant
Des noms de faux ami, de perfide et de fourbe,
Qu'après eux en riant vocifère la tourbe.

CRITON.

Vous voyez?

LYSIAS.

C'est donc vrai ! trahi par eux ! voilà
Le coup le plus cruel dont le sort m'accabla.
Mais toi, toi, tu n'as point puni leur insolence?

GLAUCUS.

Je les ai bien longtemps écoutés en silence,
Et pour voir jusqu'au bout s'accomplir leur dessein,
J'étouffais le courroux qui me gonflait le sein.
Mais pourtant l'invective incessamment accrue
Rencontrait tant d'échos dans les voix de la rue,
Que mon calme indolent me causait des remords.
A mon courroux enfin j'allais lâcher le mors,
Et j'ignore moi-même à quel excès de rage
M'aurait poussé l'ardeur de venger cet outrage,
Quand Dromon m'est venu réclamer en ton nom.

LYSIAS.

Oh ! courons châtier leur impudence.

CRITON.

Non,
Non, maître ; demeurez, et laissez ces reptiles
Exhaler les poisons de leurs langues subtiles,
Sans leur fournir vous-même un sujet de penser
Que leur ingratitude ait pu vous offenser.

LYSIAS.

Que dis-tu? Je verrais toutes ces calomnies
S'accroître d'autant plus qu'elles sont impunies?
Non pas; je veux tirer de ce complot méchant
Une prompte vengeance, et je vais sur-le-champ...

CRITON.

Une vengeance? eh bien ! je vous en présente une :
Tâchez de relever votre ancienne fortune,
Et mangez-la sans eux; ils mourront de dépit.

LYSIAS.

Et comment? Gorgias me poursuit sans répit,
Et tu le vois bien, tout me trompe et m'abandonne.

GLAUCUS.

T'ai-je abandonné, moi, Lysias?

LYSIAS.

Oh ! pardonne.
Ainsi, tu vas m'aider?

GLAUCUS.

Je t'aurais déjà dit
De disposer de moi comme de mon crédit;
Mais je suis scrupuleux : mes offres trop hâtives
Peut-être empiéteraient sur les prérogatives
D'anciens amis qui, vu leur longue liaison,
Pourraient revendiquer ce droit avec raison.

Obliger ceux qu'on aime est si doux! que ne l'ai-je
A moi seul, cet auguste et sacré privilége!
Que ne m'est-il donné d'en jouir aujourd'hui
Sans que mon bonheur soit au détriment d'autrui!

LYSIAS.

Va, va, tu peux chasser ces craintes légitimes.
Clinias et Cratès étaient mes plus intimes,
Mes plus anciens amis; tous deux m'ont refusé.

GLAUCUS.

Les traîtres! mais aussi pourquoi t'être exposé
Toi-même à recevoir cet affront? il me semble
Qu'après un si long temps que vous frayez ensemble,
Tu devais assez bien les connaître tous deux
Pour chercher ton salut autre part qu'auprès d'eux.

LYSIAS.

Ils paraissaient m'aimer dès ma plus tendre enfance,
Et j'aurais cru leur faire une griève offense...

GLAUCUS.

Les plus anciens amis ne sont pas les meilleurs;
Il fallait le savoir et t'adresser ailleurs.
Sois plus franc, et conviens que leurs semblants perfides,
Leurs protestations mensongères et vides
T'ont fait leur accorder une complète foi,
Et tu comptais sur eux beaucoup plus que sur moi.
Tu t'es imaginé qu'avec leur assistance,
Tu n'avais pas besoin de faire d'autre instance,
Et d'égards envers moi tu t'es cru dispensé.

LYSIAS.

Tu m'accuses à tort : mais quand j'aurais pensé
Qu'il vaut mieux à son arc avoir deux cordes qu'une,
Serait-ce une raison pour me porter rancune?

GLAUCUS.

Sans doute; au-dessous d'eux c'était me ravaler
Et te servir de moi comme d'un pis-aller.
D'un rôle moins abject je croyais être digne;
Mais puisque je n'y puis être en première ligne,
Je ne veux point de place en un cœur corrompu.
Adieu donc! entre nous tout commerce est rompu.

(Il sort.)

LYSIAS.

Ah! Criton, Gnathène est la plus fausse des femmes,
Clinias et Cratès sont des traîtres infâmes;
Mais cet homme à scrupule est le pire d'eux tous.

SCÈNE X

LES MÊMES, MYRRHINE, suivie de deux esclaves qui portent une cassette.

MYRRHINE, aux esclaves.

Posez là ce coffret.

LYSIAS.

Myrrhine!

MYRRHINE.

Laissez-nous.
Criton m'a révélé qu'un créancier tenace
Te poursuit : pour parer au coup qui te menace
Et te sauver, j'ai pris mon or, mes bracelets,
Tous mes bijoux ; je viens te les offrir; prends-les.

LYSIAS.

Se peut-il? non ; Criton doit t'avoir mal instruite.
Ma fortune n'est pas en danger, mais détruite ;
Je ne pourrais livrer d'hypothèque à ton prêt,
Ni même t'assurer d'en payer l'intérêt.

MYRRHINE.

Oh!

CRITON.

Maître, j'ai tout dit, et ma surprise est grande.

LYSIAS.

Tu sais tout, et tu viens m'apporter cette offrande?

MYRRHINE.

Je sais tout, et je viens; et par cet abandon
Je ne prétends pas faire un marché, mais un don.

LYSIAS.

Qu'entends-je? une amitié si vive et si soudaine
Pour moi que tu connais depuis trois mois à peine!
Pardonne-moi d'avoir pu douter de ton cœur.
Ah! si tu connaissais par quel refus moqueur
Ils ont tous accueilli l'aveu de ma détresse;
Si tu savais comment tous, amis et maîtresse,
(Myrrhine tressaille.)
Oui, oui, Gnathêne aussi, dans la place ont livré
Mon honneur en pâture au public désœuvré,
Tu comprendrais pourquoi ton dévoûment me semble
Si merveilleux, si digne, et si beau tout ensemble,
Que je doute qu'il soit bien réel en effet;
Car, pour le mériter, que puis-je t'avoir fait?

MYRRHINE.

Ce que tu m'as fait? rien, Lysias, rien; je t'aime,
Voilà tout.

LYSIAS.

Que dis-tu?

MYRRHINE.

Bien longtemps en moi-même
J'ai caché le secret qu'enfin tu me ravis.
Je t'aimai, Lysias, du jour où je te vis;

Je t'aimai — follement peut-être — sans prétendre
Que ton cœur pour cela me dût être plus tendre.
Gnathêne avait sur toi pris un tel ascendant
Que j'eusse en vain lutté contre elle : cependant,
Juge comme à l'amour la démence s'allie!
Ma nourrice Thœbé, femme de Thessalie,
Sait l'art de composer de magiques liqueurs
Dont les effets sont prompts à captiver les cœurs;
Vingt fois elle brûla l'encens et la verveine;
Le croirais-tu? vingt fois sa science fut vaine.
Je ne pouvais te plaire, et je me résignai.
Un espoir soutenait mon amour dédaigné;
Je me disais : Gnathêne a l'humeur inconstante;
Quelque jour il se peut qu'un autre amant la tente.
Alors, si Lysias de sa perte est blessé,
J'offrirai ma tendresse au pauvre délaissé.
Peut-être, en me voyant prévenante, assidue,
Regrettera-t-il moins celle qu'il a perdue,
Et me traitera-t-il avec quelque douceur,
Sinon comme une amante, au moins comme une sœur.

LYSIAS.

Oh! non pas; que mon âme entière t'appartienne!
Puis-je égaler jamais ma tendresse à la tienne?
Et quel cœur, si rempli de dévoûment qu'il soit,
Pourrait, en se donnant, rendre autant qu'il reçoit?

MYRRHINE.

Ne me dis pas cela; ta bonté m'humilie.
Je ne suis, après tout, qu'une femme avilie;
Et, bien que mon cœur ait souffert et combattu,
L'amour ne me peut pas tenir lieu de vertu.
Pourtant, je ne suis pas mauvaise au fond de l'âme,
Et je mérite autant la pitié que le blâme.
Bien souvent, au milieu du bruit des longs festins,

J'ai senti s'éveiller en moi de bons instincts
Que le vice n'avait pu dessécher encore.
Un seul rayon d'amour les a tous fait éclore!
Du jour où je t'aimai, Lysias, je compris
Combien je te devais inspirer de mépris;
Je rougis de moi-même et de la vie infâme
Qui m'avait fait déchoir du rang d'honnête femme.
Dès que cette pudeur en mon âme eut germé,
A tous les visiteurs mon logis fut fermé.
Je voulus quelque jour t'apporter en hommage
Un cœur purifié par toi, par ton image,
Comme en réfléchissant les regards du soleil
L'eau bourbeuse se change en diamant vermeil.

LYSIAS.

O chère enfant! j'admire un dévoûment si vaste!
Ne courbe point ton front que l'amour refait chaste.
Dans le bon sentier rentre avec plus de fierté
Que si ton pied jamais ne l'avait déserté.
Ton honneur se relève et ta vertu se fonde
D'autant plus que ta chute avait été profonde,
Et ton cœur est sorti de ces nobles combats
Aussi vierge qu'avant le jour où tu tombas.

MYRRHINE.

Eh bien, prouve-moi donc par tes actions mêmes
Que je puis mériter encore que tu m'aimes.

LYSIAS.

Que faut-il faire? parle.

MYRRHINE.

Accepte mon présent.

LYSIAS.

Non, non; il me devient inutile à présent.
Ton amour, secouant ma longue léthargie,

Vient d'éveiller en moi la force et l'énergie ;
Béni sois ton amour qui m'apporte un trésor
Plus pur que tes bijoux, plus riche que ton or.
Par le travail, le bien perdu se récupère,
Et je veux travailler comme l'a fait mon père.
Mes pas aussi s'étaient fourvoyés au début ;
Mais je t'aime ! ma vie a maintenant un but.
Viens, mon loyal Criton ; toi-même rends les armes
Au pouvoir que le ciel a placé dans ses charmes :
Ce qu'en vain la raison avait cherché longtemps,
Tu vois? l'amour l'a su faire en quelques instants.

CRITON.

Sois bénie ici-bas, dans les cieux sois bénie,
O jeune enchanteresse, ô bienfaisant génie,
Qui, de notre horizon dissipant le brouillard,
Rends la force à l'enfant et la joie au vieillard.

SCÈNE XI

LES MÊMES, GLAUCUS.

GLAUCUS.

Cher Lysias, je viens te demander excuse
De m'être tout à l'heure emporté.

LYSIAS.

Qui t'accuse?

GLAUCUS.

Moi-même ; de chez toi dès que je fus sorti,
Un scrupule chassa mon courroux amorti.
Je regrettai d'avoir, pour un motif futile,
Manqué l'occasion de pouvoir t'être utile,
Et je suis revenu me faire pardonner
Un tort qui, de ma part, a lieu de t'étonner.

LYSIAS.

Oui, j'en conviens; ce tort, j'étais loin de l'attendre
De la part d'un ami... dont le cœur est si tendre;
Mais ce que je comprends moins encor de ta part,
C'est un pareil retour après un tel départ.

GLAUCUS.

Je tiens à te prouver combien il est sincère.
Apprends-moi donc quelle est la somme nécessaire
Pour te faire sortir d'embarras : si je l'ai,
Je te l'offre, et je cours la chercher sans délai;
Sinon, me fallût-il mettre mes biens en gage,
A te la procurer dès ce soir, je m'engage.

LYSIAS.

Criton, je m'en rapporte à tes conseils experts :
Que dis-tu de ceci?

CRITON.

Moi? rien; car je m'y perds!

SCÈNE XII

LES MÊMES, CLINIAS.

CLINIAS.

Tu me vois revenir vers toi, l'âme ravie :
Ce jour est le plus beau des beaux jours de ma vie.

LYSIAS.

Ah! vraiment? aurais-tu, par hasard, acheté
Une maison d'hiver après celle d'été?

CLINIAS.

Mieux que cela : je viens, non sans plus d'une course,
De trouver des amis qui m'ont ouvert leur bourse

Et qui te sauveront du coup... qui m'atterrait,
Moyennant, toutefois, un modique intérêt.

LYSIAS.

En vérité, je vais de surprise en surprise.

SCÈNE XIII

LES MÊMES, GNATHÈNE, CRATÈS.

GNATHÈNE.

Laisse-moi; je te hais, te dis-je, et je méprise
Tes présents.

LYSIAS.

Qu'est-ce donc?

GNATHÈNE.

Figure-toi que, laid,
Vieux et sot, cacochyme et banquier, comme il l'est,
Il m'ose présenter un collier d'Ionie.

CRATÈS.

Sois-en sûr, Lysias, c'est une calomnie.
Tu me connais trop bien pour me croire en état
De trahir un ami par un tel attentat.
Au contraire, c'est elle...

GNATHÈNE.

Apprends, vieillard inique,
Que j'ai pris Lysias pour mon amant... unique;
De lui seul je reçois des gages amoureux,
Et comme Lysias est riche et généreux,
— Ne hoche pas la tête en signe d'ironie...

CRATÈS.

Moi? je jure...

GNATHÊNE.

J'aurai des perles d'Ionie,
Et je les porterai sans cesse, sous tes yeux,
Pour te faire enrager et pour lui plaire mieux.

CRATÈS.

Peux-tu me supposer l'outrecuidance extrême
De lutter contre un homme assez beau pour qu'on l'aime
Alors que tout son bien lui serait même ôté,
Et riche assez d'ailleurs pour charmer sans beauté!

LYSIAS.

Un tel entêtement tient vraiment du prodige!
Mais je suis ruiné complétement, vous dis-je,
Et je vous le répète, et c'est un fait constant.

CRATÈS.

Va, je n'ai pas été ta dupe un seul instant.

GNATHÊNE.

Ni moi : si je n'avais connu ton stratagème,
Aurais-je pu traiter si mal celui que j'aime?

CRATÈS.

Sans cela, Lysias, me serais-je permis
De rudoyer ainsi le meilleur des amis?

GNATHÊNE.

Pour te porter secours, j'aurais, et je m'en vante,
Couru mettre aussitôt tous mes bijoux en vente.

LYSIAS.

D'un changement si grand je reste émerveillé.
Criton, es-tu bien sûr que je sois éveillé?

SCÈNE DERNIÈRE

LES MÊMES, GNATHON.

GNATHON.

Ouf! me voici! Comment! vous n'êtes pas à table,
Et vous n'achevez pas ce repas délectable ?
La disette un moment de chez toi m'a chassé.

LYSIAS.

Et pourquoi reviens-tu? que s'est-il donc passé?

GNATHON.

Rien que de naturel; voici toute l'histoire :
Tout à l'heure, au milieu d'un nombreux auditoire,
Clinias et Cratès contaient — en y brodant
Quelques menus détails— ton funeste accident.

CLINIAS.

J'attestais en pleurant cette affreuse aventure
A Cratès qui, d'abord, la traitait d'imposture.

CRATÈS.

C'est vrai ! Gnathêne et moi, consternés et surpris,
En l'écoutant narrer nous jetions les hauts cris.

CLINIAS.

C'est vrai !

LYSIAS.

Je sais, je sais!

GNATHON.

Pour moi, l'âme navrée,
Je pâmais à l'aspect d'une douleur si vraie;
Et, l'estomac serré comme dans un étau,
J'étouffais en mangeant les restes d'un gâteau.

« Oui, disaient Clinias et Cratès, nous qui sommes
Ses amis, nous savons qu'il doit d'énormes sommes;
Et tenez, son banquier, qui survient fort à point,
Pourra vous affirmer que nous ne mentons point. »
Gorgias, en effet, dans la place débouche :
On le presse, on l'entoure; il ouvre enfin la bouche :
« Bien loin que Lysias, dit-il, soit endetté
Et soit mon débiteur, c'est lui qui m'a prêté
Plus de trente talents dont l'intérêt seul forme
Un revenu qu'on peut regarder comme énorme. »
Aussitôt, sans vouloir entendre un mot de plus,
Je m'esquive, j'accours, j'arrive; et je conclus
Que puisque ta fortune est réellement stable,
Rien n'empêche à présent de nous remettre à table.

LYSIAS.

Ah! votre dévoûment enfin m'est expliqué!
Par malheur, Gorgias de vous tous s'est moqué.
Criton sait mieux que lui... Criton, je t'en supplie,
Apprends-leur sans détour ma ruine accomplie.
Quoi! tu souris?...

CRITON.

Pardon, maître, d'avoir osé
Vous charger devant tous d'un malheur supposé.
Pour vous débarrasser d'une cohorte intruse,
Je n'ai pas craint...

LYSIAS.

Comment! ce n'était qu'une ruse,
Et je suis riche encor?...

CRITON.

Gorgias a dit vrai.

LYSIAS.

Te pardonner! mais c'est à toi que je devrai

D'avoir connu l'amour d'une épouse chérie.

TOUS.

Une épouse?

GNATHÊNE.

Est-il vrai?

LYSIAS.

Demain je me marie.

GNATHÊNE.

O Lysias, j'aurais cent cœurs cent fois épris
Qu'ils ne pourraient payer ton amour à son prix.

LYSIAS.

J'ai regret de ne point mériter ta louange;
C'est Myrrhine, et non toi, que j'épouse.

GNATHÊNE.

Qu'entends-je?
Myrrhine!

MYRRHINE.

O Lysias!

GNATHÊNE.

Traître!

LYSIAS.

Oui, Myrrhine : elle a,
Seule, porté sa part du coup qui m'accabla.
Quant à vous!... quant à vous, parasites serviles,
Plats courtisans de l'or qui rend les âmes viles,
Portez à quelques sots de vous infatués
Les honteuses faveurs de cœurs prostitués.
Je rougis d'avoir eu cette candeur fatale
De croire aux faux semblants que votre fourbe étale,
Et le sort aujourd'hui comble tous mes souhaits
En délivrant mon seuil de traîtres que je hais.

GNATHÊNE.

Allons-nous-en, Cratès.

CLINIAS.

Viens, Glaucus.

GNATHON.

Pas si vite;
Mangeons au moins.

LYSIAS.

Il a raison : je vous invite
A finir avec moi ce repas; et d'abord,
Criton, emplis ma coupe et les leurs jusqu'au bord.
Avant de vous quitter, je veux faire moi-même
Une libation solennelle et suprême,
Et dans mon vœu sacré je vous mets de moitié :
— A Castor et Pollux, gardiens de l'amitié!
Puissent les justes dieux frapper de leur vengeance,
Et détruire à jamais cette mauvaise engeance
D'usuriers, dont le cœur est un marché public
Où tout est mis à prix pour en faire trafic.
Voilà mon vœu! voilà quelle santé dernière
Je porte, en vous tendant la coupe hospitalière.
Qui de vous maintenant m'ose faire raison,
Sans craindre que ce vin lui serve de poison?

GNATHON.

Moi! je viderai seul notre commun déboire.
Quand le vin est versé, ne faut-il pas le boire?

PIC

REPIC ET CAPOT

COMÉDIE EN DEUX ACTES

PERSONNAGES

VILLARCEAUX.
COLIGNY.
NINON DE LENCLOS.
Mme SCARON.
Mme DE VILLARCEAUX.
ROSE.

PIC, REPIC ET CAPOT

ACTE PREMIER

Un salon chez Ninon.

SCÈNE PREMIÈRE

VILLARCEAUX, NINON.

VILLARCEAUX.

Oui, j'ai raison, vous dis-je, et tout cela me blesse.
Je ne puis plus longtemps souffrir cette faiblesse
Qui vous fait recevoir un essaim d'ennuyeux,
Dont l'amour fatigant vous poursuit en tous lieux.
L'un, en vers langoureux vient vous peindre sa flamme ;
Pour une course au Temple un autre vous réclame ;
Ou sous votre balcon, ainsi qu'un Espagnol,
Un troisième, le soir, soupire en G ré sol.
Je vous le dis encore ; un pareil train me lasse,
Et je serai forcé d'abandonner la place,
S'il me faut chaque jour soutenir des assauts
Pour conserver un cœur...

NINON.

Je ne sais, Villarceaux,

Quelle mouche aujourd'hui vous chatouille l'oreille ;
Jamais je ne vous vis mauvaise humeur pareille.
Vraiment, si j'écoutais vos avis malséants,
Tout le monde bientôt s'enfuirait de céans.
La maison de Ninon, dans tout Paris vantée
Pour être par les gens du meilleur ton hantée,
La maison de Ninon où tous les beaux-esprits
Viennent faire à l'avance admirer leurs écrits,
L'école du bel air, le temple de la mode,
Deviendrait tout à coup un désert incommode ;
Je bannirais d'ici l'amour et l'amitié !
Marquis, en vérité, vous me faites pitié.

VILLARCEAUX.

Eh bien ! soit. Savourez les fadeurs éternelles
De ceux qu'on a nommés les oiseaux des Tournelles ;
Mais tenez ces galants dans un sage respect,
En prenant devant eux un air plus circonspect.
Une femme peut, même en gardant le silence,
Du plus entreprenant arrêter l'insolence,
Et nul ne vous dirait les vœux qu'il a conçus,
S'il était assuré de les voir mal reçus.

NINON.

Il faudrait, en un mot, que je devinsse prude ;
Pour un sensible cœur c'est un métier bien rude !
Et puis, songez-y donc ! être prude à... trente ans;
Mettre un manteau d'hiver au milieu du printemps !
Je comprends que l'on soit, ou qu'on paraisse sage,
A soixante ans ; c'est bien, c'est reçu... par l'usage ;
Qu'on méprise l'amour quand on n'a plus d'amant,
Et qu'alors, à défaut d'un autre sentiment,
On tâche d'inspirer du respect ; à merveille !
Parlez-moi de cela lorsque je serai vieille,
Lorsque mon teint flétri sera hors de saison,

Et je dirai peut-être : oui, vous avez raison.

VILLARCEAUX.

Bref, vous ne voulez point changer ce train de vie?

NINON.

Ma foi! pour le présent, j'en ai fort peu l'envie.

VILLARCEAUX.

Alors donc, c'en est fait; pour finir tout débat,
Je veux...

NINON.

Vous chiffonnez, marquis, votre-rabat.
Vous disiez?

VILLARCEAUX.

Je disais que ma chaîne me pèse,
Et que je veux la rompre enfin.

NINON.

J'en suis fort aise.

VILLARCEAUX.

Quoi! de mon abandon vous prenez peu souci?
Vous n'avez nul regret?

NINON.

Au contraire.

VILLARCEAUX.

Merci.
Avant trois jours pourtant, j'en ferais la gageure,
Vous viendrez me prier d'oublier cette injure.

NINON.

Je vous conseille fort de ne le point gager.

VILLARCEAUX.

Vous voudrez dans vos fers de nouveau m'engager.

NINON

Nenni.

VILLARCEAUX.

Mais croyez-moi; si je passe la porte,
C'est pour n'y plus rentrer, à coup sûr.

NINON.

Que m'importe?
Adieu, marquis.

VILLARCEAUX.

Adieu! — Je ne suis point surpris,
S'il faut dire le vrai, d'un semblable mépris.
A vos déloyautés je me devais attendre,
Et je sais les raisons d'un accueil si peu tendre.

NINON.

Vous m'obligeriez fort en me les indiquant.

VILLARCEAUX.

Votre cœur n'aime point à demeurer vacant.
Vous rompez d'ordinaire : or, si je vous devance,
Ninon, c'est qu'un autre a déjà ma survivance.

NINON.

Vous possédez, marquis, un esprit fort subtil.

VILLARCEAUX.

Et cet heureux mortel, madame, quel est-il?

NINON.

De vous le déclarer je me fais conscience;
Ce serait un outrage à votre clairvoyance.

VILLARCEAUX.

Cependant, entre nous puisque tout est fini,
Vous pourriez...

NINON.

Non; cherchez.

VILLARCEAUX.

Parbleu ! c'est... Coligny?

NINON.

D'inspirer de l'amour il me semble fort digne.
Un grand cœur, un grand nom, une naissance insigne.

VILLARCEAUX.

Mais il est vieux.

NINON.

Galant, spirituel.

VILLARCEAUX.

Mais vieux.

NINON.

Trente-cinq ans au plus.

VILLARCEAUX.

Cinquante au moins.

NINON.

Tant mieux.

VILLARCEAUX.

Ninon prendre un amant sur le retour de l'âge !

NINON.

A vingt-cinq ans, marquis, on est léger, volage.
Ajoutez à cela que nos jeunes galants
Ont certains petits airs tout à fait insolents ;
En province conquise ils traitent leur maîtresse,
Et : je veux ! dans leur bouche est un mot de tendresse.
Puis, ils sont plus jaloux cent fois que des maris ;
Pour une bagatelle ils poussent les hauts cris,
Et si quelque autre humain vient nous voir d'aventure,
Ils nous cherchent querelle et parlent de rupture.

VILLARCEAUX.

Hé ! de grâce, Ninon, laissons là ce portrait.

NINON.

Vous connaissez quelqu'un qui s'y reconnaîtrait?
Enfin, dût-on crier à l'extraordinaire,
Je ne veux plus d'amant, s'il n'est... quarantenaire.
C'est moins glorieux, soit ; mais c'est beaucoup plus sûr,
Et de fades primeurs font aimer le fruit mûr.

VILLARCEAUX.

Comme le carnaval fait aimer le carême.
Je trouve tout cela d'une sagesse extrême.

NINON.

Ainsi, vous approuvez un tel choix?

VILLARCEAUX.

En tout point.

NINON.

Ma franchise, marquis, ne vous irrite point?

VILLARCEAUX.

Comment! je suis ravi de votre aveu sincère.
Je dirai même plus : il m'était nécessaire.

NINON.

Vraiment?

VILLARCEAUX.

Oui; je voulais de vous me détacher.
Seulement, je craignais par là de vous fâcher;
Mais, voyez qu'entre nous l'harmonie est touchante!
Mon abandon vous plaît, et le vôtre m'enchante.

NINON.

Je ne vous comprends pas, et vous m'étonnez fort.

VILLARCEAUX.

Admirez encor plus jusqu'où va notre accord.
Un autre homme usurpait ma place dans votre âme,
Et dans le même temps j'aimais une autre femme.

NINON.

Vous plaisantez, marquis?

VILLARCEAUX.

Cet aveu vous surprend?
Vous avez été franche, à mon tour je suis franc.
Oui, Ninon; je feignais tantôt d'être en colère;
Ce n'était là qu'un jeu pour rompre et vous déplaire.
Je cherchais un prétexte, et vous l'avez fourni.
Le ciel en soit loué!

NINON.

Le ciel en soit béni!
Et quel nouvel objet a reçu votre hommage?

VILLARCEAUX.

Je vais en quatre mots vous en peindre l'image.
Sur ce point seulement, nos avis sont divers;
Vous aimez les fruits mûrs; moi, j'aime les fruits verts.
Cet objet compte donc pour premier avantage
De n'avoir que vingt ans.

NINON, avec un soupir.

Vingt ans!

VILLARCEAUX.

Pas davantage.
Ajoutez à cela que, simple et sans détour,
Elle n'imite point les coquettes du jour.
Modeste en ses propos, sage dans sa conduite,
Elle ne brigue pas de traîner à sa suite
Ce tas d'adorateurs qui vont de tous côtés
Prodiguer leur encens à de moindres beautés;
Et c'est pourquoi, Ninon, leur galante séquelle
Cherche d'autres objets moins difficiles qu'elle.
Bref, on ne la voit point, vaniteuse à l'excès,
De ses défections faire autant de succès,

Et comme plus d'une autre, en toute circonstance,
Se vanter hautement de son peu de constance.

NINON.

Hé! de grâce, marquis, laissons là ce portrait.

VILLARCEAUX.

Vous connaissez quelqu'un qui s'y reconnaîtrait?
Celle que j'aime, enfin, est naïve, modeste,
Sage.... sans pruderie, et belle... sans fard.

NINON.

Peste!
Et comment nommez-vous cet aimable tendron?

VILLARCEAUX.

Devinez.

NINON.

Voyons. Oui... c'est madame Scaron?

VILLARCEAUX.

Rien ne peut échapper à votre esprit habile.
Votre sagacité vaincrait une sybille.

NINON, à part.

Je m'en doutais!

VILLARCEAUX.

Ce choix est-il à votre gré?

NINON.

Comment donc! il me plaît au suprême degré.

VILLARCEAUX.

A merveille! à présent que notre paix est faite
Et qu'il règne entre nous une entente parfaite,
Je cours porter ailleurs un cœur tout dégagé.

NINON.

Vous partez, cher marquis?

VILLARCEAUX.

Avec votre congé.

NINON, soupirant.

Ah!

SCÈNE II

LES MÊMES, ROSE.

ROSE.

Madame Scaron vient vous faire visite.

NINON, à part.

Le fâcheux contretemps!

VILLARCEAUX, à part.

L'heureuse réussite!

NINON.

Peut-être, Villarceaux, qu'au Louvre on vous attend.

VILLARCEAUX.

Non; et votre entretien, d'ailleurs, me charme tant
Qu'avec vous j'oublîrais le roi même.

NINON, à part.

Que faire?

(Haut.)
Rose! vous répondrez que je suis... en affaire;
Je n'y suis pour personne,... ingrat!

VILLARCEAUX.

Que de bontés!
Moi-même, je lui cours porter vos volontés,
Et de ce même pas la remener chez elle.

NINON.

Rose! faites entrer.

ROSE.

J'y vais, mademoiselle.

(Elle sort.)

NINON.

Quel ennui ! L'on n'a pas un moment de répit.

VILLARCEAUX, à part.

Tenons ferme ! Ninon étouffe de dépit.

SCÈNE III

LES MÊMES, Mme SCARON, introduite par Rose.

NINON.

Arrivez donc, ma chère ! Embrassez-moi, de grâce.
De ce manteau, souffrez que je vous débarrasse.
On vous a fait attendre en bas ; ce sont mes gens.

Mme SCARON.

Combien je vous sais gré de vos soins obligeants !

VILLARCEAUX.

Il est vrai qu'on vous aime ici d'étrange sorte,
Et vous ne croiriez point l'intérêt qu'on vous porte.

NINON.

Tout à l'heure, sur vous roulait notre discours.

VILLARCEAUX.

Je disais que jamais, par un heureux concours,
Le ciel, en se plaisant à former une femme,
N'avait dans plus beau corps enfermé plus belle âme ;
Qu'heureux serait celui qui pourrait voir ses vœux...

NINON.

Rose ! Rose ! venez ajuster mes cheveux.

VILLARCEAUX.

Seule, des faux dehors méprisant l'imposture,
Vous plaisez sans que l'art supplée à la nature.

Mme SCARON.

Tous vos propos, marquis, sont du dernier galant.

VILLARCEAUX.

D'autres, du parfumeur réclament le talent
Pour se plâtrer le teint de différentes couches...

NINON, à Rose.

Mon rouge!

VILLARCEAUX, à Mme Scaron.

Vous voyez! ai-je tort?

NINON.

Et mes mouches.

VILLARCEAUX.

Mais dès qu'on vous compare à ces vaines beautés,
Votre éclat fait pâlir leurs charmes empruntés.

Mme SCARON.

En vérité, marquis, si je n'étais certaine
Qu'une autre dès longtemps vous retient dans sa chaîne,
Je pourrais supposer que tous ces compliments
Sont un sincère aveu de tendres sentiments.

VILLARCEAUX.

Si d'une autre, jadis, mon cœur subit l'atteinte,
Croyez que pour jamais cette flamme est éteinte.

Mme SCARON.

Comment?

NINON, poussant un cri.

Ah!

Mme SCARON.

Qu'avez-vous?

NINON.

Moi? rien... rien, mon enfant.
Rose qui m'a, je crois, piquée en me coiffant.

ROSE.

Qui ? moi, madame?

NINON.

Vous ! près de l'oreille droite.

ROSE.

Mais...

NINON.

Je n'ai jamais vu fille plus maladroite.

ROSE.

J'étais du côté gauche; ainsi, je ne pouvais...

NINON.

On frappe : allez ouvrir.

Mme SCARON, à part.

C'est singulier !

ROSE.

J'y vais.
N'importe ; c'est à tort que je suis critiquée,
Et je n'y suis pour rien si madame est... piquée.

(Elle sort.)

NINON.

De ces espèces-là faut-il avoir besoin ?
L'on n'a jamais poussé l'insolence plus loin.

VILLARCEAUX, à part.

A merveille ! Ninon perd la première manche.

NINON, à part.

Monsieur de Coligny ! Bon ! voilà ma revanche.

SCÈNE IV

LES MÊMES, COLIGNY.

COLIGNY, à part.

Toujours ce Villarceaux.

VILLARCEAUX.

Bonjour, marquis.

COLIGNY.

Bonjour.

NINON.

Vous seul manquiez encore à compléter ma cour.

COLIGNY.

Si matin que l'on vienne assiéger votre porte,
L'on n'arrive jamais le premier.

NINON.

Hé qu'importe ?
Le moment est plus près que vous ne le pensez
Où les derniers venus seront les mieux placés.

COLIGNY.

Vous cèderiez enfin ?...

NINON, à voix haute.

Silence ! on nous écoute.

VILLARCEAUX, à Mme Scaron.

Madame, je comprends qu'un tel aveu vous coûte ;
Mais daignez par pitié me laisser espérer,
Ou vos yeux sur-le-champ me verront expirer.

Mme SCARON.

Ne mourez pas, marquis.

VILLARCEAUX.

Il se pourrait !...

Mme SCARON.

Silence !

COLIGNY, à Ninon.

Ne tenez pas mon cœur plus longtemps en balance.

VILLARCEAUX.

Répondez à l'ardeur que mon âme ressent.

NINON, à Coligny.

Que vous êtes pressé !

Mme SCARON, à Villarceaux.

Que vous êtes pressant !

NINON, haut.

Revenez dans une heure; et, libres de contrainte,
Seule à seul, nous pourrons nous expliquer sans crainte.

COLIGNY.

Permettez qu'à vos pieds je vous dise merci.

(Il se met à genoux.)

VILLARCEAUX.

Par un seul mot au moins que je sois éclairci.

Mme SCARON, bas.

Dans une heure, marquis, veuillez ici vous rendre,
Et sans déguisement je me ferai comprendre.

VILLARCEAUX.

Ah ! madame, merci ; souffrez qu'à vos genoux...

NINON.

(Avec colère.) (Elle éclate de rire.)
Villarceaux à ses pieds !... Ha ! ha ! ha !

COLIGNY.

Qu'avez-vous ?

Mme SCARON.

Ha! ha! ha!

VILLARCEAUX.

Qu'est-ce donc?

NINON.

Je ne puis voir sans rire
Villarceaux à genoux.

Mme SCARON.

Coligny qui soupire!

NINON.

Le charmant dos à dos!

Mme SCARON.

Le plaisant vis-à-vis!

VILLARCEAUX, à Coligny.

On se moque de nous.

COLIGNY.

Ce n'est pas mon avis.
Ninon est en gaîté, voilà tout; c'est bon signe.

NINON.

Messieurs, vous oubliez, je crois, votre consigne :
Pour le lever du roi n'êtes-vous pas requis?

COLIGNY.

C'est juste.

VILLARCEAUX.

Allons-nous-en.

NINON, à Coligny.

Au revoir, cher marquis.

COLIGNY.

Au revoir.

VILLARCEAUX, à Mme Scaron.

A bientôt. D'un entretien si tendre

10

Combien l'espoir m'est doux !

NINON.

Vous vous faites attendre,
Marquis, et vos adieux me semblent un peu longs.

VILLARCEAUX, saluant Ninon.

Madame...

NINON.

Adieu, monsieur.

COLIGNY.

Allons, marquis.

VILLARCEAUX.

Allons.

(Ils sortent.)

SCÈNE V

NINON, Mme SCARON

Mme SCARON.

A ce que je puis voir d'après cet air de glace,
Enfin de Villarceaux Coligny prend la place.
C'est un choix que l'on peut hautement avouer,
Et dont tous vos amis n'auront qu'à vous louer.

NINON.

Ah ! vous trouvez cela?

Mme SCARON.

Sans doute.

NINON, à part.

La pécore !

Mme SCARON.

Villarceaux, chère, au cœur vous tient peut-être encore?

NINON.

Non vraiment ; nous avons rompu sans grand effort.

Mme SCARON.

C'est étrange ! il semblait pourtant vous plaire fort.

NINON.

Bien qu'à le détester il m'ait donné matière,
Je rends à son mérite une justice entière ;
Il a des qualités, moins pourtant qu'il n'en faut
Pour faire pardonner un énorme défaut.

Mme SCARON.

Un défaut?

NINON.

Chère, il est jaloux ! — laissez-moi rire —
Mais jaloux en un point qui ne se peut décrire.
Sa frénésie éclate en de brusques écarts,
Jusques à n'avoir plus de respect ni d'égards.
Une femme avec lui doit vivre calfeutrée,
A tous, de son logis interdire l'entrée,
Ou s'il daigne parfois lui lever les verrous,
Traiter tous les humains comme des loups-garous.
Jugez combien la vie est triste et monotone
Sous une telle loi ! Moi-même je m'étonne
Et je m'indigne plus encore, d'avoir eu
Tant d'indulgence envers un amant si bourru,
Et, du fond de mon cœur, je plains l'infortunée
Qui, par amour pour lui, se verrait condamnée
A subir, sans pouvoir jamais y mettre un frein,
Les farouches transports de cet esprit chagrin.

Mme SCARON.

Cette jalouse humeur, qui pour un rien s'effraie,
Est la preuve, après tout, d'une tendresse vraie,
Et les soucis que prend un cœur vraiment épris
Montrent qu'à sa conquête il attache du prix.

J'en conviens; il est bon que l'amour se confie;
Mais bien souvent aussi cette philosophie
Qu'à l'égard l'un de l'autre affectent les amants,
Leur pleine quiétude et leurs tempéraments
Prouvent moins le respect que la tiédeur de l'âme.
L'amour sans jalousie est un foyer sans flamme,
Et nul, si peu qu'il trouve à son bien de valeur,
Ne se le voit ravir sans crier au voleur.
D'ailleurs, on guérit vite un esprit qui soupçonne,
Lorsqu'on prend soin de vivre en honnête personne,
Et tout irait peut-être au gré de nos souhaits
Si nous veillions un peu sur nous-mêmes...

NINON.

Ouais!

J'en sais plus d'une, moi, de ces pimpesouées,
Dont les airs ingénus et les vertus jouées
Ne servent qu'à piquer au jeu les damoiseaux
Qu'elles cherchent en vain à prendre en leurs réseaux.
Elles veulent couvrir de ce voile hypocrite
Le peu d'attention qu'on prête à leur mérite,
Et se font un honneur de ne jamais faillir,
Parce qu'aucun danger ne les vient assaillir.
Mais qu'un de nos galants se prenne à leur manége,
Et toute leur froideur fondra comme la neige;
Et, sans trop de grimace, on les verra soudain
Abaisser devant lui leur superbe dédain.
Elles viendront quêter jusque dans nos ruelles
L'heureux vainqueur qui doit les rendre moins cruelles;
Car les reliefs d'autrui leur semblent un régal
Dont peut se contenter leur appétit frugal.

Mme SCARON.

Celles dont vous parlez pourraient aisément, chère,
Trouver des cœurs tout neufs, sans se mettre à l'enchère.

Si leur vertu résiste à la tentation,
C'est que le désir manque, et non l'occasion.
Lorsqu'à subir un joug leur fierté se ravale,
Elles n'attendent point qu'une ancienne rivale
D'un amant rebuté leur cède les reliefs;
Mais plutôt, sans tenir compte de ses griefs,
C'est quand l'amour d'autrui paraît le plus tenace
Que leur témérité hardiment le menace,
Et, pour peu qu'autrui semble en avoir de l'ennui,
Leur triomphe est doublé du déplaisir d'autrui.

NINON.

Je vous le dis encore ; une telle victoire
Ne peut offrir en soi rien de si méritoire.
Croyez bien que j'aurais, si je l'avais voulu,
Gardé sur Villarceaux un empire absolu.
Avec lui, j'ai rompu pour une cause honnête.

Mme SCARON.

Se peut-il?

NINON.

Je me suis mis un scrupule en tête ;
C'est qu'il est marié.

Mme SCARON.

Chère, de votre part,
Ce remords me paraît venir un peu bien tard.
Après deux ans passés de liaison intime...

NINON.

Pour cela, mon scrupule est-il moins légitime?

Mme SCARON.

Non, sans doute.

NINON.

Là-bas, me suis-je dit souvent,
Là-bas dans sa province est une pauvre enfant

Qui croyait un amour d'éternelle durée
Lorsqu'il est appuyé sur une foi jurée;
Et moi, pour satisfaire un caprice banal,
Je frapperais au cœur cet amour virginal!
Non, sachons épargner, sans en être jalouses,
Les saints engagements et les droits des épouses,
Et, par respect humain, rompre une liaison
Fondée imprudemment sur une trahison.
Non! point de ces amours qu'un regret empoisonne;
Aimons, mais sans porter préjudice à personne;
Un triomphe est toujours chèrement acheté
Lorsqu'il faut l'acquérir par une lâcheté,
Et si vous m'en croyez, vous laisserez unies
Deux âmes que le ciel a jointes et bénies.

Mme SCARON.

Amen.

NINON.

Hein?

Mme SCARON.

Vous prêchez avec tant d'onction
Que je me sens déjà fondre en componction.
De grâce, poursuivez votre sermon fantasque.

NINON.

A part.

Madame! Peste soit de la petite masque.

ROSE, entrant.

Madame...

NINON.

Encore vous.

ROSE.

Une étrangère est là
Qui voudrait vous parler. Dois-je?...

NINON.

Introduisez-la.

SCÈNE VI

NINON, Mme SCARON, Mme DE VILLARCEAUX.

Mme DE VILLARCEAUX.

Madame, excusez-moi... je ne sais pas... j'hésite...
Vous trouverez peut-être étrange ma visite.
Mon nom seul vous dira ce que j'attends de vous ;
Monsieur de Villarceaux, madame, est mon époux.

NINON.

En vérité, c'est moi qui vous demande excuse
Du peu d'habileté dont mon esprit s'accuse ;
Car je ne puis pas, même en sachant votre nom,
Deviner quel sujet vous conduit chez Ninon.

Mme DE VILLARCEAUX.

Je vais tâcher alors de me rendre plus claire.

NINON.

Madame!...

Mme DE VILLARCEAUX.

Je n'ai pas dessein de vous déplaire ;
Si je ne me contiens dans un juste degré,
C'est par faute d'usage, et non par mauvais gré.
Je ne suis qu'une enfant, une provinciale ;
J'ignore les façons de la place Royale...

NINON.

Mais enfin?...

Mme DE VILLARCEAUX.

On m'a dit — peut-être est-ce un propos
A plaisir inventé pour troubler mon repos —
Qu'une autre femme arrête et retient auprès d'elle
Depuis plus de deux ans mon époux infidèle.

Cette femme, je crains de vous mettre en courroux,
Cette femme, on prétend, madame, que c'est vous.
Sur la foi de ce bruit qui me renversait toute,
Je suis venue ici pour éclaircir mon doute.
Peut-être aurais-je dû donner moins de crédit
Aux discours malveillants, à tout ce qu'on m'a dit;
Mais j'aime mon époux, et vous devez comprendre
Que son cœur m'appartient, et qu'il faut me le rendre.

Mme SCARON.

Pauvre enfant!

NINON.

Villarceaux, durant plus de deux ans,
Eut pour moi des égards et des soins complaisants,
Et loin de m'en cacher, je l'avoue à voix haute.

Mme DE VILLARCEAUX.

Ciel!

NINON.

Si je lui semblais aimable, est-ce ma faute?
Pouvais-je l'empêcher? et pour répondre aux gens,
Devais-je requérir la garde et les sergents?

Mme DE VILLARCEAUX.

Madame...

NINON.

En vérité, nous sommes bien loties
S'il faut que, prétextant d'anciennes sympathies,
Les dames de province arrivent à Paris
Pour nous redemander leurs volages maris.
Hé, mesdames, mettez un zèle plus notable
A rendre à vos époux leur chaîne supportable,
Et sans avoir recours à des moyens chanceux,
Vous n'aurez pas besoin de courir après eux.

Mme DE VILLARCEAUX.

Je vous prie à genoux...

Mme SCARON.

Relevez-vous, madame ;
Vous la prîriez en vain ; car elle n'a point d'âme.

NINON.

Ah ! c'en est trop !

Mme DE VILLARCEAUX.

Hélas ! plus d'espoir.

NINON.

Jusqu'ici,
Je me suis bravement mise à votre merci,
Et j'ai seule porté le poids de votre blâme.
Madame qui vous plaint, parce qu'elle a de l'âme,
En pourrait réclamer une part à bon droit ;
Et, pour vous éclairer l'esprit à son endroit,
Je vous veux révéler un secret qui vous touche.
Sachez donc en deux mots que la sainte-nitouche,
Par pure charité témoigne à votre époux
Cent fois plus de bonté qu'elle n'en a pour vous ;
C'est à ses pieds qu'il porte une nouvelle flamme.
Intercédez près d'elle ; et, comme elle a de l'âme,
Sans doute que bientôt, il vous sera rendu
Cet époux dont le cœur, madame, vous est dû.
Pour moi, qu'un intérêt plus grave sollicite,
Je forme des souhaits pour votre réussite.

(Elle sort.)

SCÈNE VII

Mme DE VILLARCEAUX, Mme SCARON.

Mme DE VILLARCEAUX.

Est-il bien vrai, madame ? Est-ce à votre secours
Qu'en cette extrémité je dois avoir recours ?

Mme SCARON.

Hélas ! non. Vous pouvez en croire ma parole ;
S'il suffisait de rompre une intrigue frivole
Pour rendre à votre amour un époux inconstant,
Je n'hésiterais pas, madame, un seul instant.
Mais je n'ai pas sur lui l'ascendant qu'on me prête,
Et c'est toujours Ninon qui loin de vous l'arrête.
Il est vrai que depuis quelques jours, je le vois
Plus tendre à mon égard qu'il n'était autrefois ;
Cependant, je le dis sans fausse pruderie,
Nous en sommes restés sur la galanterie,
Et présentement, plus que jamais, j'aurai soin
D'empêcher qu'il ne cherche à s'avancer plus loin.
Mais ce n'est point assez, et je veux davantage ;
Je veux de son penchant tirer quelque avantage,
Et j'emploirai le peu de crédit que j'aurai
A ramener vers vous cet époux adoré.

Mme DE VILLARCEAUX.

Combien je vous sais gré d'un intérêt si tendre,
Madame ; mais hélas ! que pouvons-nous prétendre?

Mme SCARON.

J'y songerai.

Mme DE VILLARCEAUX.

Je crois que le meilleur moyen,
C'est d'aller le trouver et...

Mme SCARON.

Gardez-vous en bien ;
Pour lui votre présence aurait l'air d'un reproche.
Il faut que par degrés de vous on le rapproche ;
Laissez-moi ce plaisir.

Mme DE VILLARCEAUX.

J'accepte avec transport.

Mme SCARON.

Ou plutôt, agissons de concert. Et d'abord,

Pour ne point hasarder de démarche incongrue,
Venez ce soir chez moi : madame Scaron, rue
St.-Louis, au Marais ; vous saurez jour par jour
Tout ce que je ferai pour hâter son retour ;
J'empêcherai par là que votre inquiétude
Ne renverse mes plans par trop de promptitude.

Mme DE VILLARCEAUX.

Ne craignez point cela : que font quelques instants,
Madame? voilà plus de deux ans que j'attends.

Mme SCARON.

A la bonne heure. Il va venir ; je vous renvoie.

Mme DE VILLARCEAUX.

Il va venir !

Mme SCARON.

Adieu.

Mme DE VILLARCEAUX.

Souffrez que je le voie.

Mme SCARON.

Vous perdriez tout.

Mme DE VILLARCEAUX.

Non.

Mme SCARON.

Que font quelques instants,
Madame? voilà plus de deux ans que j'attends.
Restez encore un peu dans cette alternative,
Et laissez-moi d'abord faire une tentative
Pour vous le ramener par un détour adroit.

Mme DE VILLARCEAUX.

Avez-vous quelque espoir?...

Mme SCARON.

Sans doute ! Le bon droit

Est de notre côté.

Mme DE VILLARCEAUX.

C'est juste.

Mme SCARON.

Et puis, en somme,
Quand nous ne l'aurions pas, deux femmes contre un homme
C'est au moins quatre fois plus qu'il n'en faut. Adieu !

(Mme de Villarceaux sort.)

SCÈNE VIII

Mme SCARON, seule.

Villarceaux va venir... Il faut, en premier lieu,
Entre Ninon et lui me mettre à la traverse,
Et ne les plus laisser renouer leur commerce.
Comment faire? Exiger un serment? Les amants
En vingt-quatre heures font et défont dix serments.
Je ne puis demander pourtant... L'idée est drôle !
Pourquoi non? Le voici ; bon ! soyons à mon rôle.

SCÈNE IX

Mme SCARON, VILLARCEAUX.

VILLARCEAUX.

A part. Haut.
Seule ! Je vous dérange?...

Mme SCARON.

Au contraire, marquis ;
Vous allez m'assister.

VILLARCEAUX.

Je vous suis tout acquis,
Madame.

Mme SCARON.

J'ai compté sur votre ministère,
Et vous me voudrez bien servir de secrétaire
Pour écrire un sonnet.

VILLARCEAUX.

Un sonnet?

Mme SCARON.

Vraiment oui.
Asseyez-vous donc là.

VILLARCEAUX.

Quel caprice inouï!
Remettons à plus tard...

Mme SCARON.

Placez-vous là, vous dis-je,
Et ne me troublez pas pendant que je rédige.
Un peu de patience, et vous verrez après
Que ce caprice-là vous touche d'assez près.

VILLARCEAUX.

Soit donc.

Mme SCARON.

(Villarceaux s'assied, et écrit à mesure que Mme Scaron dicte.)

Sous le couvert d'une feinte tendresse,
Une coquette insigne avait, hélas!
Surpris mon cœur par ruse et par adresse,
Et le tenait prisonnier dans ses lacs.

Mais d'un lien qui m'obsède et me blesse,
Le poids m'accable et je m'en trouve las;
Et, revenu d'une longue faiblesse,
Je veux briser ma chaîne sans éclats.

VILLARCEAUX.

Ah ! je comprends. Une coquette insigne...
C'est Ninon, n'est-ce pas, que ce titre désigne?

Mme SCARON.

Peut-être bien.

VILLARCEAUX.

Alors, c'est un engagement
Que vous voulez tenir de moi?

Mme SCARON.

Précisément.
Vous fâche-t-il, marquis, de me voir trop sujette
A craindre qu'entre nous une autre ne se jette?

VILLARCEAUX.

Non, certes; comme dit le proverbe, il est clair
Qu'un oiseau dans la main vaut mieux que deux en l'air.
Si, dans un pareil soin, la méfiance éclate,
J'y vois d'une autre part un zèle qui me flatte
Pour garder...

Mme SCARON.

Vous saurez bientôt ce qu'il en est,
Marquis ; mais terminons d'abord notre sonnet.

VILLARCEAUX.

Volontiers.

Mme SCARON, dictant.

Je sens combien ma démence était grande
De dissiper, près d'une autre, l'offrande
Que j'aurais dû porter à vos genoux.

Prenez pitié d'une coupable injure;
Et désormais, mon seul vœu, je le jure,
Sera de vivre et de mourir pour vous.

VILLARCEAUX.

C'est parfait!

Mme SCARON.

Non pas, quant à la forme;
Mais toutefois, j'attache une importance énorme
A conserver le sens de ce petit sonnet;
Soyez donc assez bon pour le remettre au net.
Si par chez moi ce soir vous passez, d'aventure,
Portez-le-moi, signé de votre signature,
Et je promets alors, marquis, de m'employer
A payer vos bons soins par un digne loyer.

VILLARCEAUX.

Ah! madame, combien vous me transportez d'aise!
Dans quel ravissement...

Mme SCARON.

Bien, bien, point de fadaise,
Marquis; copiez-moi cet écrit sans surseoir.

VILLARCEAUX.

Dans l'instant.

Mme SCARON.

A ce soir, n'est-ce pas?

VILLARCEAUX.

A ce soir.

(Elle sort.)

SCÈNE X

COLIGNY, VILLARCEAUX.

COLIGNY.

A part. Haut.
Encore lui! Marquis, au point où nous en sommes...

VILLARCEAUX.

Ah ! Coligny, je suis le plus heureux des hommes ;
Elle m'attend ce soir.

COLIGNY.

Je vous trouve impudent,
Monsieur, de me venir prendre pour confident.

VILLARCEAUX.

Marquis ! — D'où vient, mon cher, cet air de matamore?
M'allez-vous à présent traiter de Turc à More?

COLIGNY.

Marquis, du même objet nous nous trouvons épris.
Grâce à vous, je n'en ai reçu que des mépris.
Mais puisque enfin Ninon...

VILLARCEAUX.

Quelle diable d'antienne
Me chantez-vous donc là?

COLIGNY.

Hein?

VILLARCEAUX.

Qu'à cela ne tienne ;
Je vous cède, mon cher, la place sans combat.
C'est madame Scaron qu'à présent j'aime.

COLIGNY.

Ah bah !
Madame Scaron?

VILLARCEAUX.

Oui.

COLIGNY.

Vous me la baillez belle !
Tout le monde sait bien que sa fierté rebelle
Ne supporte aucun joug.

VILLARCEAUX.

Bon! il n'est cœur si fier
Qui n'accepte aujourd'hui ce qu'il refusait hier.
Je vous répète enfin que c'est elle que j'aime,
Et que je la verrai ce soir.

COLIGNY.

Par stratagème?
Par surprise?

VILLARCEAUX.

Non pas; mais avec son congé.
Je vous laisse. D'un soin dont elle m'a chargé,
Avant de la revoir il faut que je m'acquitte.

COLIGNY.

Serviteur.

(Villarceaux sort.)

SCÈNE XI

NINON, COLIGNY.

NINON.

N'est-ce pas Villarceaux qui vous quitte?

COLIGNY.

Lui-même; et je lui sais bon gré de son départ,
Puisque enfin, grâce au ciel, je puis vous faire part...

NINON.

Est-ce donc mon abord qui l'éloigne si vite,
Marquis? Et savez-vous si c'est moi qu'il évite?

COLIGNY.

Il m'a dit qu'une affaire urgente l'appelait.
Mais laissons de côté Villarceaux, s'il vous plaît,
Et permettez qu'enfin....

NINON.

Marquis, un mot, de grâce.
Villarceaux s'est-il plaint à vous de sa disgrâce?
Ou d'après ses discours n'avez-vous pas compris?..

COLIGNY.

Ah ça, Ninon, c'est donc chez vous un parti pris
De me jeter toujours Villarceaux à la tête?

NINON.

Plus qu'une question, marquis, et je suis prête
A vous entendre.

COLIGNY.

Soit.

NINON.

Quand il vous a quitté,
Semblait-il inquiet?

COLIGNY.

Non.

NINON.

Triste, dépité?

COLIGNY.

Non; de son cœur, l'ivresse au contraire s'évade
Avec mille transports.

NINON.

J'entends; pure bravade!

COLIGNY.

Non pas; à la façon dont il se rengorgeait...

NINON.

Il me semble pourtant qu'il n'en a pas sujet.

COLIGNY.

Sans doute; lorsqu'on perd un cœur comme le vôtre,

C'est un maigre profit que d'en gagner un autre;
Et, bien que Villarceaux triomphe en ce moment,
Je suis loin d'envier...

NINON.

Il triomphe! comment?

COLIGNY.

On peut le supposer sans outrager la belle,
Puisqu'il a pour ce soir rendez-vous avec elle.

NINON.

La belle! qui cela?

COLIGNY.

Qui? madame Scaron.

NINON.

Raillez-vous, marquis?

COLIGNY.

Non; il n'est pas fanfaron
Au point de publier d'avance une victoire...

NINON.

Et c'est lui qui vous a conté?...

COLIGNY.

Toute l'histoire.

NINON.

Est-il possible? quoi! sans avoir combattu,
Se rendre en un seul jour, elle dont la vertu
Contre tous les assauts veut paraître aguerrie,
Elle, elle qui faisait si fort la renchérie!
C'est ce soir, dites-vous, ce soir qu'elle l'attend?

COLIGNY.

Ce soir.

NINON.

Je veux qu'elle ait un revers éclatant;

J'irai chez elle, avant qu'elle soit avertie;
Vous aussi! vous serez, marquis, de la partie.

COLIGNY.

Non pas; non, s'il vous plaît; allez-y, c'est fort bien.
Mais pour moi, je n'ai rien de commun...

NINON.

N'est-ce rien,
N'est-ce rien que de voir la vertu pantelante
Brâmer et succomber d'une façon galante?
Oui, vous viendrez, marquis; car je prétends du moins,
Autour de sa défaite ameuter des témoins,
Et fiez-vous à moi, nous aurons du scandale.

COLIGNY.

Mais encore une fois, dans un pareil dédale..

NINON.

J'ai besoin de rester seule pour me rasseoir;
A tantôt.

COLIGNY.

Mais...

NINON.

Ce soir ou jamais.

COLIGNY.

A ce soir.

FIN DU PREMIER ACTE.

ACTE SECOND

Chez Mme Scaron.

SCÈNE PREMIÈRE

Mme SCARON, Mme DE VILLARCEAUX.

Mme DE VILLARCEAUX.

Ne me flattez-vous point d'une fausse espérance,
Madame? Après deux ans d'entière indifférence,
N'est-ce point un prodige étrange à concevoir
Que de le ramener vous ayez le pouvoir?

Mme SCARON.

Nous le ramènerons, croyez-en mon oracle,
Et sans avoir sujet de crier au miracle.
A défaut de talent plus réel, c'en est un
Que de savoir choisir le moment opportun.
Ninon et votre époux étaient en guerre ouverte;
J'ai pris l'occasion comme elle s'est offerte,
Et puisque vous veniez m'apporter du renfort,
J'en ai tiré parti pour tenter un effort.
Grâce au ciel, le succès a passé mon attente.

Mme DE VILLARCEAUX.

Mais il peut arriver qu'à son tour Ninon tente
Un raccommodement?

Mme SCARON.

Que non pas, s'il vous plaît ;
Nous aurons un divorce, un divorce complet.
Ninon ne pourra point faire qu'il se rétracte ;
J'ai prévu le cas ; et, par le moyen d'un acte,
Tout commerce entre eux deux est désormais proscrit.
Ce soir même, il me doit apporter cet écrit.

Mme DE VILLARCEAUX.

Ce soir ! je le verrai !

Mme SCARON.

Peut-être bien. J'espère
Obtenir dès ce soir un résultat prospère.
Mais il ne convient pas de vous montrer d'abord.
Vous savez? on revient malaisément d'un tort ;
L'amour-propre nous pousse à quelque résistance,
Et souvent... En un mot, tenez-vous à distance,
Là, dans ce cabinet ; quand il en sera temps,
Je vous délivrerai.

Mme DE VILLARCEAUX.

Je compte les instants.

Mme SCARON.

Songez, si vous sortiez sans que je vous prévinsse,
Qu'il vous faudrait sans lui retourner en province.

Mme DE VILLARCEAUX.

J'attendrais quinze jours avec un tel sinon.

(Elle entre dans le cabinet.)

Mme SCARON.

J'entends du bruit ; on vient. Serait-ce lui ? — Ninon !

SCÈNE II

Mme SCARON, NINON.

NINON.

Quoi que mon arrivée imprévue ait d'étrange,
Elle vous surprend moins qu'elle ne vous dérange.
Allons, convenez-en franchement.

Mme SCARON.

Et pourquoi?
D'une personne aimable, — et vous l'êtes pour moi —
Croyez que la présence à toute heure m'agrée.

NINON.

Ah! tenez, faites trêve à votre simagrée.
Vous attendez quelqu'un; niez-le donc un peu.

Mme SCARON.

Le nier! non, je suis franche et j'abats mon jeu;
J'attends ce soir monsieur de Villarceaux. Ensuite?

NINON.

Ensuite? Voilà donc ces dragons de conduite
Que l'on cite partout comme des parangons,
Et de qui la vertu ne sort jamais des gonds.
Après cela, croyez à leurs airs de vestale!
Dès le premier assaut leur sagesse détale;
Elles quittent alors leurs semblants patelins
Pour jeter leurs bonnets par-dessus les moulins,
Sans même demander que d'abord on leur rende
Quelques soins de rigueur; et leur crainte est si grande
De voir leur échapper un amour vagabond,
Qu'elles prennent soudain la balle au premier bond.

Mme SCARON.

Que voulez-vous, Ninon? je ne suis pas coquette,
Et j'y vais, comme on dit, à la bonne franquette.

A quoi sert de tenir un amant en suspens,
Et de se faire un jeu cruel à ses dépens?
Lorsqu'on croit son amour sincère et véritable,
Ne peut-on tout d'abord se montrer charitable,
Et, céder pour céder, n'est-il pas plus humain
De se rendre plutôt aujourd'hui que demain?
Je sais bien que, suivant la méthode ordinaire,
Toute liaison veut un long préliminaire;
On se sert d'un amant comme on fait d'un hochet
Qu'on quitte et qu'on reprend après un ricochet;
Il nous fuit, on l'appelle; il revient, on le laisse;
Bref, on a toujours soin de le tenir en laisse
Par un fil bien léger, mais savamment tordu;
Et s'il arrive un jour que le fil trop tendu
Se rompe tout à coup sous le poids qu'il endure,
On trouve le moyen d'y mettre une soudure.
Ah! certes, c'est un art merveilleux, un grand art
De ne céder jamais ni trop tôt, ni trop tard,
De ravir par un mot un amant en extase,
De le désespérer par une seule phrase,
Et, même sans parler, par un geste, un coup d'œil,
De porter dans son âme ou la joie ou le deuil.
Mais pour le retenir dans cette incertitude,
Il faut beaucoup d'esprit et surtout... d'habitude.
L'une aussi bien que l'autre, hélas! me fait défaut;
C'est pourquoi je me rends dès le premier assaut.
La chose, en fin de compte, est toute naturelle,
Et je ne sais pourquoi vous me cherchez querelle.

NINON.

Vous possédez au moins dans la perfection
L'art de bien colorer une défection,
Et de belles raisons vous n'êtes point avare.
Mais vous vous hâtez trop de sonner la fanfare,

Et je crois, s'il me plaît de troubler ce beau feu,
Que vous en pourrez bien rabattre quelque peu.

Mme SCARON.

Vous perdriez vos soins en tentant cette épreuve,
Et je vais d'un seul mot vous en donner la preuve.
Pour ne point me laisser de crainte dans l'esprit,
Villarceaux envers moi s'engage par écrit.
Jugez après cela si je suis trop crédule...

NINON.

Nullement; un amour garanti par cédule!
Et cet acte authentique est en votre pouvoir?

Mme SCARON.

Non pas.

NINON.

Ah!

Mme SCARON.

Mais il doit me l'apporter ce soir.

NINON.

Combien je donnerais pour voir un tel spectacle!

Mme SCARON.

Si vous le désirez, je n'y mets point d'obstacle,
Et je vous fournirai moi-même le moyen
D'assister en secret à tout notre entretien.

NINON.

On ne saurait pousser plus loin la complaisance;
Mais j'ai peur de vous trop gêner par ma présence.

Mme SCARON.

Au contraire; je veux montrer qu'en pareil cas
Je ne crains nullement le bruit et le fracas;
Car si l'une de nous s'expose à la satire,
Dès à présent, Ninon, je puis vous le prédire
Avec toute franchise et toute loyauté,
Les rieurs ne seront pas de votre côté.

NINON.

Ah ! vous capitulez déjà.

Mme SCARON.

Le ciel m'en garde !
Mais songez aux brocards.

NINON.

Bon ! cela me regarde.
Où m'allez-vous placer pour jouir du tableau ?
Dans ce cabinet ?

Mme SCARON.

Non ! derrière ce rideau,
Comme, pour découvrir de noires perfidies,
Tous les gens à soupçons font... dans les comédies.

NINON.

A merveille.

Mme SCARON.

J'entends des pas dans l'escalier ;
Cachez-vous.

NINON, à part.

Son sang-froid est vraiment singulier.

(Elle se cache derrière le rideau.)

SCÈNE III

VILLARCEAUX, Mme SCARON, NINON, cachée.

Mme SCARON.

Soyez le bienvenu.

VILLARCEAUX

Madame...

Mme SCARON.

A ne rien feindre,
Marquis, il me serait malaisé de vous peindre,

Et vous-même à coup sûr ne pouvez supposer
Quelle joie en ces lieux votre abord va causer.

VILLARCEAUX.

Ah ! madame, combien un tel aveu me touche,
Et que ces mots sont doux sortant de votre bouche.

Mme SCARON.

Avez-vous eu le soin d'apporter ce papier,
Ce sonnet que pour moi vous deviez copier ?

VILLARCEAUX.

Le voici.

Mme SCARON.

Bien. Je vais le relire à voix haute,
Et nous corrigerons s'il reste quelque faute.

VILLARCEAUX.

C'est de la défiance envers moi ?

Mme SCARON.

Vraiment non ;

A part.

Mais envers moi. Ninon écoute.

Elle lit :

Sous le couvert d'une feinte tendresse,
Une coquette insigne avait, hélas !
Surpris mon cœur par ruse et par adresse
Et le tenait prisonnier dans ses lacs.

C'est Ninon
Dont il s'agit ?

VILLARCEAUX.

Mais oui.

Mme SCARON.

C'est parfait !... d'orthographe.

Mais d'un lien qui m'obsède et me blesse,
Le poids m'accable et je m'en trouve las ;
Et revenu d'une longue faiblesse,
Je veux briser ma chaîne sans éclats.

Signé de votre sang, avec un grand paraphe!
C'est plus que je n'avais le droit d'en exiger.

VILLARCEAUX.

Alors vous ne trouvez donc rien... à corriger?

Mme SCARON.

Non ; rien.

VILLARCEAUX.

Et vous voilà pleinement satisfaite?

Mme SCARON.

Pas encore.

VILLARCEAUX.

Comment?

Mme SCARON.

Sans chercher de défaite,
Bien que je veuille croire à votre amour pressant,
Et qu'un engagement, signé de votre sang,
Soit une preuve en soi claire et satisfaisante,
D'une crainte pourtant, je ne suis pas exempte.

VILLARCEAUX.

Parlez ; que voulez-vous dire par là?

Mme SCARON.

Je dis
Que vous avez déjà, marquis, signé jadis
Un contrat pour le fond à celui-ci conforme,
Et qui possédait même encore, pour la forme,
Cet avantage en plus d'être notarié;
Enfin, tranchons le mot, vous êtes marié.

VILLARCEAUX.

Très-peu.

Mme SCARON.

Pour le moment, laissons-là, je vous prie,
Cet air de badinage et de plaisanterie ;

Et, lorsque vous aurez quitté ce ton moqueur,
Nous pourrons nous parler franchement, cœur à cœur.

VILLARCEAUX.

C'est donc... bien sérieux?

Mme SCARON.

Très-sérieux.

VILLARCEAUX.

Mauvaise!
Sommes-nous fâchés ?

Mme SCARON.

Non. Mais prenez une chaise,
Et veuillez m'écouter. J'ignore, en bonne foi,
Quelle est l'opinion que vous avez de moi.

VILLARCEAUX.

Madame...

Mme SCARON.

Vous allez me trouver accomplie ;
Mais aux fadeurs coupons court, je vous en supplie ;
Il n'est pas question ici de mes beaux yeux,
Et je veux vous apprendre à me connaître mieux.
Je suis prude, s'il faut en croire les coquettes ;
Les gens dont je n'ai point accueilli les sornettes
Disent que j'ai le cœur aussi froid qu'un rocher.
Pourtant, parmi les torts qu'on me peut reprocher,
Je n'ai pas celui d'être insensible ou pédante,
Mais seulement, si c'est un tort, d'être prudente :
En deux mots voulez-vous connaître le secret
De ma réserve? Eh bien ! je crois que l'amour est
Chose trop sérieuse au fond pour qu'on en fasse
Un objet de hasard qu'on joue à pile ou face,
Et pour tout dire enfin, qu'avant de faire un choix
Il est bon qu'une femme y regarde à deux fois.

Or, s'il faut avec vous être sincère et vraie,
Pour l'avenir, marquis, votre passé m'effraie;
Car enfin, vous avez délaissé pour Ninon
Celle qui seule a droit de porter votre nom,
Et voilà qu'à présent la même humeur légère
Qui fit sacrifier l'épouse à l'étrangère,
Vous pousse à regarder Ninon avec dédain.
Qui me dit que bientôt, par un revers soudain,
Je ne me verrai pas à mon tour méprisée?
A le craindre, marquis, je suis autorisée,
Et ce double abandon est un mauvais garant.

VILLARCEAUX.

Madame, permettez; le cas est différent.
Pour Ninon, il se peut que, par boutade folle,
Par vanité peut-être, un moment on s'affole;
Mais c'est une coquette, indigne assurément
D'inspirer d'autre amour qu'un amour... d'agrément.
Quant à ma femme...

Mme SCARON.

Eh bien! n'est-elle pas jolie?
Vous l'avez, m'a-t-on dit, aimée à la folie.

VILLARCEAUX.

Il est vrai, que durant notre lune de miel,
Nous nagions tous les deux dans le septième ciel.
Mais on est vite las de ces soupirs honnêtes...

Mme SCARON.

Ne vous faites donc pas plus mauvais que vous n'êtes,
Marquis, et convenez que votre heureux accord
Eût duré plus longtemps et durerait encor,
Si Ninon ne se fût jetée à la traverse.
C'est elle, une coquette indigne, qui renverse
Le foyer domestique, et sur le sol mouvant

Bâtit une masure ouverte au premier vent ;
Et vous, sans regretter un pareil sacrifice,
Tandis qu'autour de vous croule votre édifice,
Vous grelottez de froid dans l'étroite prison
D'un amour frauduleux qui n'a point d'horizon.
Jugez, marquis, jugez — à vous je m'en réfère —
Ce que vous avez fait et ce qu'elle a pu faire.
Pour moi, je vous le dis sans prendre de détour,
Je brigue peu l'honneur d'obtenir à mon tour
Un succès qui s'acquiert au détriment d'une autre.
Plus mon affection répondrait à la vôtre,
Plus, dans le même temps, je sentirais combien
Doit souffrir celle à qui l'on enlève un tel bien.
Et tenez, sans entrer dans un détail plus ample,
J'ai présent à l'esprit un tout récent exemple,
Bien propre à raffermir encor ma volonté :
Ninon assurément n'est pas collet-monté,
On ne l'accuse point d'un rigorisme extrême ;
Eh bien ! Ninon tantôt m'avouait elle-même
Qu'en secret elle s'est répété bien souvent :
Là-bas, dans sa province, est une pauvre enfant,
Qui croyait un amour d'éternelle durée,
Lorsqu'il est appuyé sur une foi jurée ;
Et nous, pour satisfaire un caprice banal,
Nous frapperions au cœur cet amour virginal !
Non ! point de ces liens qu'un regret empoisonne ;
Car l'amour ne doit être en reste avec personne,
Et, sans qu'on puisse rien lui reprocher, il faut
Qu'il se montre au soleil et porte le front haut.
C'est un titre sacré que le titre d'épouse ;
Et le laisser souiller par une main jalouse
Sans rougir d'un triomphe à ce prix acheté,
C'est un crime ! c'est pis ; c'est une lâcheté.
Je ne veux pas pousser plus loin cette matière ;

Mais entre le bonheur d'une existence entière
Et le plaisir d'un jour, vous aurez à choisir;
Je vous laisse à cela méditer à loisir.

(Elle sort.)

SCÈNE IV

VILLARCEAUX, NINON.

VILLARCEAUX, à lui-même.

Si je... non... Je veux bien que le diable m'emporte
Si ce n'est pas là mettre un galant à la porte.
Après un tel échec, il faut se résigner.
Mais pourtant, cet écrit qu'elle m'a fait signer...
C'est singulier!... Ma foi nous serons toujours dupes
Des piéges que nous tend l'animal porte-jupes.
Allons-nous en. — Ninon!

NINON.

Profitons des moments,
Et ne les perdons pas en longs étonnements.
Qu'en dites-vous? la pièce est bien jouée; et certe,
L'accueil est brusque assez pour qu'il vous déconcerte.
Une fois dans la place, il vous semblait, marquis,
Que l'on dût butiner après avoir conquis.
Lorsqu'une femme, avec la grâce la meilleure,
Fait venir un galant chez elle, à pareille heure,
Nul ne se douterait qu'il n'aura pour régal
Qu'un sermon aigre-doux sur l'amour conjugal.
Toute autre eût fait d'abord plus longue résistance;
Puis, lorsqu'elle se fût rendue à notre instance,
Une coquette au moins eût franchement cédé;
Mais les vertus ont bien un autre procédé.
Il leur faut des amants, à ces prudes fieffées,
Pour en faire parade et servir de trophées,

Des amants, dans le but seulement de prouver
Qu'elles ont du mérite assez pour en trouver;
Alors, plus leur rigueur de dédains les abreuve,
Plus leur intégrité semble être à toute épreuve,
Et les pauvres galants, dans leur revers fatal,
A ces hautes vertus servent de piédestal.

VILLARCEAUX, à lui-même.

Point de ces liaisons qu'un regret empoisonne.

NINON.

A part. Haut.

Il ne m'entend pas! Si, comme je le soupçonne,
Je vous dérange, il faut me le dire.

VILLARCEAUX.

Pardon;
J'étais un peu distrait. De quoi parliez-vous donc?

NINON.

Je disais, malgré tout ce qui vous plaît en elle,
Que madame Scaron est une péronnelle
Dont les vertus d'emprunt et le maintien dévot
Trompent les bonnes gens sur le peu qu'elle vaut.
Je dis que, nonobstant sa longue patenôtre,
Elle eût cédé peut-être, et plus vite qu'une autre,
Sans la peur du scandale; et que si vous l'aimez...

VILLARCEAUX.

Taisez-vous! taisez-vous, Ninon; vous blasphémez!
Je ne souffrirai point que personne diffame
Devant moi, la plus digne et la plus noble femme.

NINON.

Hé quoi! marquis...

VILLARCEAUX.

Non, non, aucune objection
Ne peut porter atteinte à ma conviction.

Non, un pareil refus n'est point une défaite
Pour se faire prier ou couvrir sa retraite ;
Et si tel eût été son but, du premier coup,
Il serait dépassé d'ailleurs, et de beaucoup.
Car, je ne sais comment expliquer ce mystère,
Tandis que j'écoutais cette parole austère,
Je sentais par degrés mon amour s'attiédir,
Et dans le même temps mon estime grandir.
Quand elle rappelait cette tendresse ancienne
Que je sacrifiais pour obtenir la sienne,
Et les charmes constants d'une commune ardeur,
Raillez si vous voulez mon accès de candeur,
Mais elle avait pris tant d'empire sur mon âme,
Que je redevenais amoureux de ma femme,
Et rougissant tout bas d'un injuste abandon,
J'étais prêt à courir lui demander pardon.

NINON.

Dites-vous vrai, marquis? Pour celle qui vous aime
Malgré vos torts passés, vous renonceriez même
A madame Scaron?

VILLARCEAUX.

Il faudra bien, vraiment,
Que j'y renonce, avec ou sans mon agrément.

NINON.

Alors donc, pour ne plus encourir sa critique,
Pour lui plaire, mettez ses conseils en pratique ;
Ou si, comme je crois, elle veut à souhait
Éprouver votre amour et s'en faire un jouet,
De vous-même, empêchez tout retour en arrière ;
Qu'entre elle et vous l'hymen élève une barrière,
Et, soit pour vous montrer docile ou vous venger,
Par un rapprochement conjurez le danger.

VILLARCEAUX.

Non, ma foi! pour l'honneur de ce rapatriage,
Je n'entreprendrai pas un si lointain voyage.

NINON.

Fort bien. Mais cependant, s'il n'était pas besoin
De faire grands efforts ni de courir bien loin?

VILLARCEAUX.

Comment? — Vous bâtissez des châteaux en Espagne!

NINON.

Moins que vous ne croyez. Votre tendre compagne
Est à Paris.

VILLARCEAUX.

Ma femme!

NINON.

Oui, dis-je; elle est ici.

VILLARCEAUX.

Allons! vous plaisantez sans doute?

SCÈNE V

LES MÊMES, Mme SCARON, Mme DE VILLARCEAUX.

Mme SCARON, qui est entrée depuis un moment.

La voici!

VILLARCEAUX.

Ma femme!

NINON.

A part. A Villarceaux.

Ah! je comprends maintenant. Tout s'explique;
On veut que vous fassiez pénitence publique.

VILLARCEAUX.

C'était un piége !

NINON.

Un piége ; et le pauvre renard
Aura peine à sortir d'un pareil traquenard.

Mme DE VILLARCEAUX.

Je voudrais lui parler, madame ; mais je tremble.
Intercédez pour moi.

Mme SCARON.

A Villarceaux:

Bien. — Nous venons ensemble,
Non point vous demander compte d'un tort passé,
Mais vous louer, marquis, de l'avoir effacé
Avec tant de franchise, une telle noblesse,
Que le repentir fait oublier la faiblesse.

VILLARCEAUX.

Vous voulez vous moquer de moi, madame.

Mme SCARON.

Oh ! non.
Elle a lu cet écrit signé de votre nom,
Où vous jurez d'avoir pour elle l'amour tendre
Que d'un époux loyal elle est en droit d'attendre :

Je sens combien ma démence était grande
De dissiper près d'une autre l'offrande
Que j'aurais dû porter à vos genoux.

Prenez pitié de ma coupable injure ;
Et désormais, mon seul vœu, je le jure,
Sera de vivre et de mourir pour vous.

VILLARCEAUX, à part.

Je suis joué !

Mme SCARON.

Voilà le noble et vrai langage
D'un cœur vraiment épris qui pour jamais s'engage,
Et ce contrat qui fonde un avenir plus doux,
Scelle comme un nouveau mariage entre vous.

Mme DE VILLARCEAUX.

Il ne nous répond pas.

Mme SCARON.

Attendez qu'il surmonte
Les derniers mouvements d'une mauvaise honte.

Mme DE VILLARCEAUX.

Dites-lui de ne pas avoir peur.

NINON.

Allons donc !
Confessez vos péchés et demandez pardon.

VILLARCEAUX, à part.

Que faire?

Mme SCARON.

Non, marquis ; venez sans crainte aucune ;
Elle vous chérit trop pour vous garder rancune ;
Si de sa bienveillance il vous faut des garants,
Songez qu'elle a quitté le toit de ses parents,
Et, qu'ayant tout laissé pour vous, elle est venue
Au milieu des dangers d'une ville inconnue
Chercher près d'un époux le bonheur et la paix.

VILLARCEAUX, à lui-même.

Un si grand devoûment pour moi, qui la trompais !

Mme SCARON.

Après cela, jugez s'il est encor possible
Qu'à votre repentir elle soit insensible.
Allons ! épargnez-lui le reste du chemin,
Et mettez bravement votre main dans sa main.

VILLARCEAUX.

Sur mon cœur, sur mon cœur, oh ! viens, que je te serre,
Et, par ses battements, juge s'il est sincère.
Oui, crois-en ce témoin qui tout bas m'applaudit ;
Chère enfant, quand le cœur a parlé, tout est dit.
Et vous, à qui je dois ce bonheur qui m'enivre,
Madame, et qui venez de faire en moi revivre
Un foyer radieux de généreux instincts
Qui sommeillaient dans l'ombre et semblaient presque éteints,
Merci, merci ! soyez honorée et bénie
Comme une noble femme, et comme un bon génie.

SCÈNE DERNIÈRE

LES MÊMES, COLIGNY.

NINON.

Coligny ! — Vous venez fort à propos, marquis,
Pour jouir d'un tableau dont le genre est exquis.
Villarceaux, à sa femme, avec un charme unique,
Jure une affection légitime et... chronique.

COLIGNY.

Est-ce à vous que l'on doit cette conversion ?

NINON.

Non pas ; madame entre eux sert de trait-d'union.
Grâce à ses bons conseils, à sa douce morale,
Les deux époux, brûlant d'une ardeur pastorale,
Se préparent des jours sans trouble ni soucis,
Et vont recommencer Philémon et Baucis.

Mme SCARON.

A votre aise ! Exercez sur nous votre satire ;
C'est le droit du vaincu ! mais vous avez beau dire,

Vous n'en êtes pas moins pic, repic et capot.

NINON.

Oui ; vous êtes habile à mener un complot.
Continuez, madame ; et, j'en ai l'assurance,
Vous finirez un jour par gouverner la France.

Mme SCARON.

Vous me flattez.

COLIGNY.

Ninon, je suis à vos genoux,
Et j'attends mon arrêt.

NINON.

Remenez-moi chez nous.

FIN

TABLE

Extrait du catalogue du même éditeur :

Comme l'amour vient, comédie en un acte et en vers, par *Jules Guilliaume*. — 1 vol. grand in-18.

Les Parasites, comédie en un acte et en vers, par *le même*. — 1 vol. grand in-18.

Pic, Repic et Capot, comédie en deux actes et en vers, par *le même*. — 1 vol. grand in-18.

Femme attaquée... Homme vaincu, comédie-proverbe en un acte et en vers, par *Adolphe Stappers*. — 1 vol. grand in-18.

Le Fou du Roi, opéra-comique en un acte, par *le même*, musique d'*Émile Verdeyen*. — 1 vol. grand in-18.

Nouvelles : Histoire d'un liard de Liége. — Ce que fille veut, Dieu le veut; par *le même*. — 1 vol. grand in-18.

De l'amour des femmes pour les sots. 4e édition. — 1 vol. grand in-32.

Menus propos sur l'amour des femmes pour les sots, — 1 vol. grand in-32.

De l'amour des sots pour les femmes d'esprit. Causeries par *Madame la douairière d'Avroy*.— 1 vol. grand in-32.

Doit-on pleurer sa femme, par ??? — 1 vol. grand in-32.

Hélas! Platon, hélas! Scènes amoureuses par *Léon Jacques*. — 1 vol. grand in-32.

Le quart d'heure du diable. — 1 vol. grand in-32.

Heures d'Or, par *Ed. Wacken*. 1 vol. grand in-18.

L'Humanité, poëme, par *Denis Sotiau*. — 1 vol. grand in-18.

Fleurs des vieux poètes liégeois (1550-1650), avec une introduction historique par *N. Peetermans*. Recueil publié et accompagné de notices sur les auteurs par *H. Helbig*. — 1 vol. grand in-18.

Essais de biographies musicales liégeoises. Les Hamal. — 1 vol. grand in-18.

Flamands et Wallons, par *J. Stecher*, professeur à l'Université et à l'École normale de Liége. — 1 vol. grand in-18.

Schiller et la Belgique, par *le même*. — 1 vol. grand in-18.

Histoire populaire des Liégeois, depuis les temps les plus reculés jusqu'à nos jours, par *Ed. Gérimont*, avocat. — 1 vol. grand in-18.

Bruxelles. — Typ. de Ve J. VAN BUGGENHOUDT, rue de Schaerbeek, 12.

www.ingramcontent.com/pod-product-compliance
Ingram Content Group UK Ltd.
Pitfield, Milton Keynes, MK11 3LW, UK
UKHW021107290826
14628UKWH00014B/891

9 782019 268404